光文社文庫

猟犬検事

『猟犬検事 悪行』改題

南　英男

KOBUNSHA

光　文　社

この作品は二〇〇二年八月に刊行された
『猟犬検事　悪行』に、著者が大幅に加筆修正した
ものです。
この物語はフィクションであり、作品中に登場する
人名や団体名、建物名、事件名などはすべて
実在のものとは一切関係ありません。

目次

猟犬検事

プロローグ

快感が高まった。

生温かい舌が心地よい。巧《たく》みな舌技だ。頭の芯《しん》が霞《かす》みはじめた。

最上僚《もがみりよう》は、思わず口の中で呻《うめ》いてしまった。

全裸でベッドに横たわっていた。仰向《あおむ》けだった。飯田橋《いいだばし》にある自宅マンションの寝室だ。賃貸共同住宅である。電灯は煌々《こうこう》と灯《とも》っていた。一月中旬のある夜だった。

最上は東京地検刑事部の検事である。三十五歳で、まだ独身だ。

二年前に汚職絡《がら》みの殺人事件で勇み足をしてしまい、いまは冷遇されている。実際、退屈な職務しか与えられていない。

正義感の強い最上は学生時代から、東京地検特捜部で活躍することを夢見ていた。二十四歳のときに司法試験にパスし、二年間の司法修習を経《へ》て、わずか二十六歳で憧《あこが》れの検事になった。

浦和《うらわ》地検、名古屋地検と移り、ちょうど三十歳のときに東京地検に異動になった。夢まで、あと一歩だった。

そんな時期に取り返しのつかないミスをした。最上は功を急ぐあまり、大がかりな贈収賄事件の証人に暴力を振るい、口を割らせようとしたのだ。その事実が問題となり、彼は事件捜査から外された。

紡《つむ》ぎつづけてきた夢は、そこで潰《つい》えた。法の番人である検事にとって、仕事上の過《あやま》ちは大きな汚点になる。この先、憧れだった特捜部に配属されることはないだろう。

自らの手で輝かしい途《みち》を閉ざしてしまった最上はすっかり労働意欲を失い、漫然と日々を過ごしている。職場では、〝腑抜《ふぬ》け検事〟などと陰口をたたかれていた。

股の間にうずくまっているのは、交際中の露木玲奈《つゆきれいな》だ。

二十七歳の玲奈は、東京国税局査察部の査察官である。その美貌は人目を惹《ひ》く。知的な面差《おもざ》しだが、取り澄ました印象は与えない。色香がある。プロポーションも申し分ない。二人が恋仲になって、はや一年数カ月が流れている。最上は大物財界人の悪質な脱税を立件する目的で、東京国税局に協力を要請した。

そのとき、たまたま力を貸してくれたのが玲奈だった。それが縁で、二人は親密な間柄になったのである。

玲奈の舌の動きが大きくなった。

最上は枕から、こころもち頭を浮かせた。玲奈の裸身は神々《こうごう》しいまでに白い。肌理《きめ》も濃《こま》やかだ。高く突き出した張りのあるヒップは、熟《う》れた水蜜桃《すいみつとう》を連想させる。

最上は両腕を伸ばし、恋人のセミロングの髪をまさぐりはじめた。優しい手触《てざわ》りだった。

玲奈の口唇愛撫が一段と情熱的になった。

「そのまま体をターンさせてくれないか」

最上は玲奈に言った。相互愛撫をしたくなったのだ。

玲奈が少しためらってから、ゆっくりと体の向きを変える。陰茎《いんけい》を含んだままだった。

最上は顔の上に跨《また》がった玲奈の腰を引き寄せた。

秘めやかな肉が眼前に迫った。珊瑚《さんご》色の縦筋《たてすじ》はわずかに捩《よじ》れ、小さく綻《ほころ》んでいる。刺激的な構図だった。

最上は、敏感な突起をソフトに吸いつけた。

そのとたん、玲奈が魚のように身をくねらせた。なまめかしい呻き声を洩《も》らす。

二人は競《きそ》い合うように舌を閃《ひらめ》かせはじめた。

いくらも経《た》たないうちに、急に玲奈の体が縮こまった。エクスタシーの前兆だ。

最上は濃厚な口唇愛撫を施《ほどこ》した。ほどなく玲奈は昇《のぼ》りつめた。悦《よろこ》びの声を響かせ、柔肌を断続的に震わせる。煽情的《せんじょう》だった。

「たまらないわ」

玲奈が昂《たか》まりを口から解《と》き放ち、上擦《うわず》った声で言った。すぐに彼女は、最上の内腿《うちもも》に唇を這《は》わせだした。

最上は感じやすい突起を親指の腹で揺さぶり、中指を襞《ひだ》の奥に埋めた。右腕に微妙な振動を与える。

数分経つと、玲奈は二度目の極《きわ》みに駆け上がった。

ほとんど同時に、憚《はばか》りのない声を轟《とどろ》かせた。ジャズのスキャットに似た唸《うな》りは、長く尾を曳《ひ》いた。最上は体を繋《つな》ぎたくなった。

そのことを告げると、玲奈はフラットシーツに背中を密着させた。胸の波動が大きい。乳首は蕾《つぼみ》のように硬く張りつめている。最上は穏《おだ》やかに体を重ねた。

「まだ体の芯が痺《しび》れてるの」

玲奈が羞恥心《しゅうちしん》を露《あらわ》にし、最上の唇を軽くついばんだ。

最上は玲奈の脚を大きく割り、雄々《おお》しく猛《たけ》った男性器を押し入れた。

玲奈が、むっちりとした腿を巻きつけてくる。肌は火照《ほて》っていた。

最上は抽送《ちゅうそう》しはじめた。六、七度浅く突き、一気に奥に分け入る。深く突くたびに、玲奈は息を詰まらせた。その後《あと》、きまって猥《みだ》りがましい声を発した。

最上は強弱をつけながら、一定のリズムで動いた。

十分あまり経過したころ、玲奈がまた頂《いただき》に達した。迸《ほとばし》った愉悦《ゆえつ》の声は、どこか悲鳴じみていた。

小休止するか。最上は重なったまま、動きを止めた。

ちょうどそのとき、ナイトテーブルの上でスマートフォンが着信音を奏《かな》ではじめた。玲奈が体をぴくりとさせ、じっと息を殺した。

「このままでいいよ」

最上は恋人と結合した状態で、スマートフォンを耳に当てた。もう呼吸は乱れていなかった。玲奈がさりげなく最上から離れる。

「検事さんですね？」

電話の向こうで、五十年配の男が確かめた。

いくらか沈んでいるが、馴染《なじ》みのある声だった。関東仁勇会《じんゆうかい》深見組《ふかみぐみ》の代貸《だいがし》を務めている亀岡忠治《かめおかちゆうじ》に間違いない。

何かと世話になってきた深見隆太郎《りゆうたろう》は、二代目組長だ。初代は深見の実父である。深見組は組員二十七人の弱小博徒《ばくと》集団だった。

二代目組長は五カ月ほど前から、都内の大学病院に入院していた。末期の肝臓癌《がん》で、余命《よめい》いくばくもなかった。

「亀さん、組長の容態《ようだい》が急変したんですね？」

「ええ。いまさっき組長《オヤジ》さんが……」

「死んだ？」

「は、はい。まるで眠るように息を引き取られました」

「やっぱり、駄目だったか」

最上は力なく呟《つぶや》いた。

深見組長は満六十八歳になったばかりだった。性器が急速に萎《な》えはじめる。

悲しみは深かった。深見組長は恩人である。父親のような存在でもあった。母と自分を三十数年も支えてくれた人物だ。

最上が生まれて半年後、両親は離婚した。父が不倫相手と駆け落ちして、母と別れたのである。

母は息子と一緒に都内の実家に戻り、両親の力を借りつつ懸命に子育てに励んだ。だが、ストレスが多かった。

母は将来に不安を覚え、息子を道連れにして入水《じゅすい》心中を図ろうとした。それを引き止めたのが、たまたま近くにいた深見隆太郎だった。母子は命を救われたわけだ。そのとき、最上は三歳だった。当時の記憶はないに等しい。

最上の母は気を取り直して、ひとり息子を育て上げた。やんちゃだった最上は猛勉強して司法試験に合格し、念願の検察官になった。母は命の恩人の深見と会っている様子だった。筋者《すじもの》の優しさに惹《ひ》かれたのかもしれない。

およそ二年三カ月前、深見が不意に最上の自宅マンションを訪れた。聞けば、癌が進行していて、人生の残り時間が少ないと洩らした。離婚歴のある深見組長は子供に恵まれなかった。そんなことで、最上母子に〝家族ごっこ〟に協力してほしいと頭を下げる。

恩人に報いたい。最上母子は同じ気持ちで、協力は惜《お》しまなかった。二人は月に数回、深見宅で食事を共にしてきた。組長は周辺の者たちに二人は〝内縁の妻〟と〝隠し子〟と言っていたらしい。母子はそれぞれの役柄を演じて、深見組長を和《なご》ませた。恩返しの真似事だ。

組長はいずれ深見組を解散する気でいたようだが、子分たちの独立資金集めのことで悩んでいた。いま最上は何かできればと密かに考えている。

「検事さん、すぐ病院に行っていただけます？」

「もちろん、行きます」

「それじゃ、自分はあちこちに連絡しなきゃなりませんので」

亀岡が涙声で言い、先に電話を切った。最上はスマートフォンの通話終了ボタンをタップした。

「深見組長、亡くなられたみたいね？」

玲奈が言った。最上は無言でうなずいた。

「わたし、なんと言ったらいいのか……」

「組長の癌は全身に転移してたから、覚悟はしてたんだ」

「それでも、ショックよね。恩義のある方だったんだから」

玲奈の声には、労《いたわ》りが感じられた。最上は、ひとりっ子だ。母は一年九カ月前に病死している。

「故人は、まだ七十前だったんでしょ？」

「そう。しかし、故人は若いころから好き放題やってきたようだから、思い残すことはないだろう」

「深見組はどうなるの？」

「シノギがきつそうだったから、解散することになると思うよ。中途半端なことになってしまったが、勘弁してくれないか。恩人の死顔ぐらい見てやらなきゃな」

「そうしてあげて」

「きょうの借りは、そのうち何かで埋め合わせするよ」

最上はベッドを滑り降り、素っ裸で浴室に向かった。

第一章　告発者の死

1

読経《どきよう》の声が大きくなった。

三人の僧侶の声は、みごとに揃《そろ》っている。少しの乱れもない。

成り行きで喪主《もしゆ》になった最上は、仏壇の前に置かれた祭壇の際《きわ》に正坐していた。

文京区《ぶんきよう》根津《ねづ》二丁目にある深見宅の仏間だ。二十畳敷の和室である。組長宅兼組事務所だ。

深見は周辺の者たちに最上を〝隠し子〟と語っていた。最上は、あえて恩人の作り話を否定しなかった。それで喪主を務めることになったわけだ。

故人宅兼組事務所は元割烹《かつぽう》旅館である。初代深見組組長が組織を興《おこ》すときに買い取り、改築を重ねてきた家屋だった。部屋数は二十室近い。敷地は二百数十坪だ。

仏壇には、深見の両親の位牌《いはい》も並んでいる。初代組長夫婦の遺骨は、近くの谷中《やなか》の墓地に埋葬されているそうだ。深見隆太郎の遺骨も同じ墓石の納骨室《カロート》に納めることになるだろう。

最上は深見の遺影に目をやった。

数時間前に骨になった二代目組長は、屈託《くったく》なげに笑っている。顔もふっくらとしていた。

最上は新たな悲しみに襲われた。

涙が込み上げてきそうだ。恩人に対する哀惜《あいせき》の念が胸を領していた。もう少し酒を控えていれば、もっと長生きできたのではないか。

最上は遺影を見つめながら、しみじみと思った。

百八十センチ近かった大男が、小さな骨壺《こつつぼ》に納まってしまった。

最上はうつむき、目を閉じた。膝の上に置いた手の甲に涙の雫《しずく》が落ちた。

やがて、焼香の刻《とき》が訪れた。

香炉《こうろ》が回されはじめた。仏間には、身内や組員たちが集まっていた。一般の弔《とむら》い客は、関東仁勇会の会長しか残っていない。

全員が焼香し終えるまで、読経は熄《や》まなかった。締め括《くく》りの声明《しょうみょう》は朗々《ろうろう》と仏間に響き渡った。

三人の僧侶が別室に移ると、最上は立ち上がって型通りの挨拶をした。亀岡たち組の者が縁者を別室に案内しはじめる。

階下の二室には、仕出し屋に注文した精進料理と酒が用意してあった。仏間の人影が疎《まば》らになると、関東仁勇会の塩谷《しおや》武徳《たけのり》会長が近づいてきた。羽織《はおり》袴《はかま》姿だった。八十五歳だが、まだ若々しい。総白髪で、顔の血色もよかった。

「いろいろお世話になりました。後日、改めてご挨拶にうかがうつもりです」

最上は塩谷会長に深々と頭を下げた。

「堅苦しい挨拶なんか、どうでもいいんだ。ここんちとは親類みてえなもんだからな。おれは若い時分、初代組長の深見満《みつる》の直系の舎弟だったんだよ。それから、息子の二代目を三年ほど塩谷組で預かったこともある」

「そうでしたか。そういうおつき合いだったとは知りませんでしたので、何かと礼を欠いたと思います。どうかご容赦ください」

「いいんだよ。あんたは素っ堅気《すかたぎ》なんだから、おれたちの世界の仕来《しき》たりなんか気にすることはねえ。それより、たいしたもんじゃねえか。東京地検の検事なんて、そうそうなれるもんじゃない」

塩谷が言った。

「いいえ、そんなことは……」

「二代目は、あんたのことを隠し子なんだとよく言ってた」

「そうなんですか」

最上は事実を口走りそうになったが、言葉を呑んだ。

「二代目組長は、あれで案外、照れ屋だったからな。可愛がってたあんたを直《じか》に誉めるなんてことはできなかったんだろうよ」

「そうだったんでしょうか」

「ところで、後継者の件なんだが、故人の納骨が済んだら、三代目の組長を選出してもらいてえんだ。それが会の習《なら》わしになってるんでな」

塩谷が言った。

「ストレートに言います。深見組は解散したいと考えてるんですよ。故人もいずれそうするつもりでしたんでね」

「そいつはもったいねえ話だな。初代組長は、日本一の博奕打《ばくち》ちだったんだ。数々の伝説に彩《いろど》られたお方だったんだよ。二代目も壺を振らせたら、右に出る者はいなかった。深見組の名が消えちまうのは淋《さび》しいな」

「しかし、誰が三代目になったとしても、シノギは難しいでしょう。二代目は常盆のテラ銭だけではとても組を維持できないので、居酒屋と有料立体駐車場を経営していましたが、そっちの収入もたいしたことないんです」

「だろうな。関東仁勇会《うちは》は麻薬《クスリ》も管理売春《マメノシル》もご法度《はつと》だから、どこも遣り繰り《シノギ》がきついんだ。といって、愚連隊上がりのヤー公どもと同じ商売をしちまったら、博徒の名折《なお》れだからね」

「会長のお考えは、ごもっともだと思います。深見組を解散して、縄張りをそっくり代貸の亀岡さんに譲るということはできないのでしょうか？」

「理事会で承認を得られれば、亀岡が独立することは可能だよ。その場合は、ほかの二十六人の現組員の半数以上の同意が必要になってくるがね。亀岡が組員たちの同意を得られるかどうか。どの組員も、二代目の気風《きっぷ》に惚《ほ》れて深見組の盃《さかずき》を貰《もら》ったんだろうからな」

「わたしが亀岡さんや組のみんなを説得してみます」

最上は言った。

「もちろん外野から、あれこれ言う気はない。跡目のことは、あくまで深見組の問題だからな。それにしても、深見組の名は絶やしたくないね」

「そのお気持ちは、よくわかります」

「別に世襲制じゃねえが、あんたが博奕打ちなら、三代目を継いでもらいてえ気持ちだよ」

「こちらは男稼業《おとこかぎょう》を張ってるわけじゃありませんので……」

「現職の検事だもんな。跡目のことは、亀岡とじっくり話し合ってみてくれねえか」

塩谷がそう言い、別室に足を向けた。

最上は、仏間の坐蒲団を片づけている部屋住みの若い組員を手招きした。若いといっても、もう二十八歳だ。健《けん》という名だった。

最上組の組員の平均年齢は四十三歳である。二十代の組員は、健だけだった。三十代の組員も数人しかいない。

「何かご用でしょうか？」

健が問いかけてきた。

「亀さんは？」

「お身内の相手をしています」

「そう。すぐじゃなくてもいいんだが、奥の和室に来るよう言ってもらえないかな」

「わかりました」

「ちょっと大事な話があるんだ。頼んだよ」

最上は言って、仏間を出た。階下の奥にある十二畳の和室に入り、坐卓に向かう。

最上は黒いネクタイの結び目を緩《ゆる》めた。そのとき、脈絡《みやくらく》もなく玲奈の顔が脳裡《のうり》に浮かんだ。玲奈はきのうの通夜から、ずっと下働きをしてくれている。いまは酒を運ぶ手伝いをしてくれていた。

最上は忙しさに取り紛《まぎ》れて、ろくに玲奈と言葉も交わしていなかった。かなり疲れたのではないか。

後《あと》で労を犒《ねぎら》ってやろう。

最上はそう思いながら、首を回した。大役を果たし終えたからか、全身の筋肉が強張っていた。

数分後、代貸の亀岡が和室に入ってきた。

角刈りで、目がナイフのように鋭い。中肉中背だが、全身に凄《すご》みが漂っている。きちんと黒の礼服を着ていた。

「亀さん、大変でしたね」

「何をおっしゃるんです。自分は、当然の務めを果たしたまでですよ」

「ま、坐ってください」

最上は言った。亀岡が一礼し、坐卓の向こうに腰を落とす。

「若、何か大事なお話があるそうですね。何なんでしょう？」

「亀さん、その若って言い方、やめてくれないか。そんなふうに呼ばれると、なんか落ち着かなくなるんですよ」

「故人は生前、組の者たちにあなたが隠し子であると語ってたんです。ですので、組長《オヤジ》さんのご子息を気やすく名前じゃ呼べません。耳障《みみざわ》りでしょうが、どうかご勘弁願います」

「困ったな。それはそれとして、本題に入ります。故人は深見組を解散したいと思ってたんですよ。亀さん、三代目を継ぐか、独立して自分の組を立ち上げる気はありませんか？」

最上は訊《き》いた。

「どちらもありません。組がなくなるのは辛《つら》すぎます。若、形だけでも結構ですので、三代目になってくれませんか」

「隠れ三代目になれって⁉　亀さん、無茶を言わないでください。こっちは現職の検事なんですよ」

「わかっています。表向きはわたしが組長代行を務めて、組の遣り繰り《シノギ》は何とかします。もちろん、渡世の諸々《もろもろ》の義理掛けも責任を持って果たします。名目だけの組長でいいんですよ。どうでしょう？」

「どう考えても無理だな。それより、いっそ亀さんが三代目を継いでくれませんか。亀さんが最適だと思うんですよ」

「ありがたいお話ですが、自分は組長の器《うつわ》じゃありません。五十一年もぼんやりと生きてきた人間ですんで、組を預かるだけの才覚が備《そな》わってないんでさあ。ただ、若の下でしたら、それなりの働きはできると思います。若、どうか三代目を襲名してください。この通りです」

亀岡が坐蒲団を外し、畳に額を擦《こす》りつけた。

「やめてくれないか、亀さん。頼むから、頭を上げてください」

「若がイエスと言ってくれるまで、頭を上げるわけにはいきません」

「弱ったな。亀さん、跡目については後日、改めて相談することにしましょう」

「そうしますか。今夜は取り込んでいますので、そうしたほうがいいかと思います」

「塩谷会長の相手をしてもらえませんか。後《あと》で、こっちも改めて挨拶に伺います」

「そうしてくれますか。それじゃ、自分はこれで……」

「亀さん、ひとつよろしくね」

最上は頭を下げた。

亀岡が静かに部屋から出ていった。もう少し時間をかけて亀岡を説き伏せ、深見組の三代目になってもらうことがベストだろう。

すぐに組を解散したら、中高年の多い組員たちは身の処し方に困るのではないか。デフレ不況下で、元やくざがすぐに正業に就《つ》けるとは思えない。喰《く》うに困ったら、強盗や恐喝を働く者が出てくるかもしれない。そんなことになったら、深見組の名に傷がつく。

何がなんでも、亀岡に三代目を継いでもらおう。

最上は密《ひそ》かに意を固めた。ネクタイを締め直す。そろそろ塩谷会長や身内の者に礼を述べに行かなければならない。

立ち上がったとき、襖《ふすま》の向こうで玲奈の声がした。

「僚さん、お客さまをお連れしたの」

「どなたなのかな？」

「亡くなられた二代目組長のお知り合いの女性だそうよ」

「そう。入ってもらってくれないか」

最上は居住まいを正した。

すぐに襖が開けられ、三十八、九歳の喪服をまとった妖艶《ようえん》な女が入ってきた。黒いフォーマルスーツ姿の玲奈は一礼し、和室から遠ざかった。

「初めてお目にかかります。わたし、清水郁美《しみずいくみ》と申します。湯島《ゆしま》三丁目で、『つわぶき』という小料理屋をやっていますの。最上僚さんですね？」

「ええ、そうです。故人とは、どういったおつき合いだったのでしょう？」

「わたし、深見さんのお世話を受けていました」

「そういうご関係でしたか。で、ご用件は？」

「実は、深見さんからお預かりしていた遺言音声をお持ちしたんですよ」

「とりあえず、お坐りください」

最上は、さきほどまで亀岡が坐っていた席を手で示した。

故人の愛人と称した女性は優美な身ごなしで、坐卓の向こうに回った。坐蒲団を横にのけ、畳に直《じか》に正坐する。

最上は郁美の顔を正視した。

典型的な瓜実顔《うりざねがお》で、目鼻立ちは整っている。どことなく死んだ母に面立《おもだ》ちが似ていた。

「さっそくですが、故人の遺言音声を聴かせてもらえますか」

「はい」

郁美が黒いバッグからICレコーダーを取り出し、そっと卓上に置いた。すぐに再生ボタンが押され、二代目組長の嗄《しわが》れた声が流れはじめた。


これは、わたくしこと深見隆太郎の遺言音声です。直筆の遺言書じゃないから法的な効力はないだろうが、望んでることを喋《しゃべ》る。ちょっと真面目腐《まじめくさ》っちまったな。どうもおれらしくねえや。気楽に喋らせてもらうぜ。

要するに、こいつは心を通わせ合っていた最上珠江《たまえ》の息子である僚へのメッセージってやつだ。僚とは血の繋がりはないが、実の息子のように想ってきた。惚れた珠江の大切な子供だからだ。できることなら、子連れの珠江と再婚したかったよ。けど、おれは筋者だ。そんなことは無理だろうよ。だから、珠江が産んだ僚は〝隠し子〟だという嘘をついてきたんだ。おまえには、そのことを黙ってたけどな。

官は生理的に好きになれねえが、僚は自分の意志で検事になった。それはそれで、立派なことだ。世の中には紳士面《づら》をした大悪党が大勢いる。

僚は自分の正義をとことん貫《つらぬ》いてくれ。それでこそ、漢《おとこ》ってもんだ。

さて、遺産相続の件だが、おれ名義の不動産や預金はすべて僚にやる。もっとも自宅も立体駐車場にしてある土地も銀行の抵当に入ってるから、正味の資産は数千万円の価値しかねえだろう。預貯金と生命保険金を併《あわ》せれば、六千万円ぐらいにはなるかもしれねえな。それも僚のものだ。

組のことだが、すぐに解散するのは困る。代貸の亀岡が三代目を襲名するのが筋だろうな。いずれ深見組は解散せざるを得なくなるだろうが、それまでに亀岡を含めて二十七人の組員がそれぞれ小商《こあきな》いができるだけの金を与えてやってほしいんだ。ちょっとした商売でも、五千万円の事業資金は必要だろうよ。

総額で十三億五千万円か。途方もない巨額に思えるだろうが、その気になって肚《はら》を括《くく》りゃ、工面《くめん》できない額じゃねえ。

僚、亀岡の手を借りて、なんとか組員たちの〝退職金〟を都合つけてくれねえか。組の奴らはどいつも貧乏神に取り憑《つ》かれちまって、銭儲《もう》けが下手なんだ。僚だけが頼りなんだよ。

現職検事に悪事の片棒を担《かつ》がせたくはねえが、バレないようにうまく立ち回って協力してもらえないか。

ダーティー・ビジネスは手っ取り早く荒稼ぎできる。ただ、ドラッグと女は商売の材料《ネタ》にするな。そこまで堕落しちまったら、人間失格だ。

僚、捨て身になりゃ、まとまった銭を手にできるだろう。ヒントを与えてやる。

楽して大金を摑《つか》んだ連中は、だいたい何か危《ヤバ》い橋を渡ってきたと考えてもいいな。それか

ら、権力や名声を欲しがってる奴らにも何か後ろ暗いとこがあるもんだ。

ここまで言えば、もう察しがつくだろう。後は僚が度胸を据《す》えればいい。

よろしく頼むぜ。二十七人の子分が正業に就けたら、組はいつ解散してもいいよ。

死んだ珠江には苦労かけ通しだったから、あの世に行ったら、真っ先に詫《わ》びを入れるよ。

僚には、何もしてやれなかったな。済まねえ。

わがままいっぱいに生きてこれたのは、珠江と僚のおかげだ。〝家族ごっこ〟は愉《たの》しかっ

たぜ。二人には深く感謝してる。僚、ありがとな。逞《たくま》しく生き抜いてくれ。

もう一度礼を言うぜ。僚、ありがとう。それじゃ、あばよ！


音声が途切れた。

郁美が停止ボタンを押し、小声で言った。

「この音声を録音したのは、ちょうど一カ月前なんです。わたしが大学病院にお見舞いに行ったとき、どうしても遺言音声を録《と》っておきたいと言い出したんですよ」

「そうですか」

「あなたのお母さまが亡くなられて数カ月経ったころ、二代目組長がふらりとお店に入ってこられたの。珠江さんを偲《しの》んで、泣き通しでした」

「それから、あなたの店に通い詰めて、二代目組長はママを口説《くど》いたんですね？」

「ええ、まあ。病気で亡くなられた珠江さんに横顔が似てるとか何とか言って……」

「実際、よく似ていますよ」

最上は笑顔で応じた。深見隆太郎の最後の愛人が母に似ていることが、わけもなく嬉しかった。

「あのう、故人にお線香を上げさせてもらえますか。厚かましいお願いですけど、気持ちにけじめをつけたいのです」

「ええ、どうぞ。おふくろはもう故人ですので」

「ありがとうございます。これは、そっくりそちらにお渡しします」

郁美がICレコーダーを卓上の中央に滑らせ、先に腰を浮かせた。

最上はICレコーダーを上着の内ポケットに突っ込み、勢いよく立ち上がった。十二畳の和室を出て、郁美を仏間に導く。

死んだ深見の頼みは身勝手だ。自分と母が受けた恩義は忘れていない。故人の遺言に従いたいとは思う。しかし、どうすればいいのか。何か妙案はないか。

最上は広い廊下を歩きながら、思い悩みはじめた。

2

被疑者は不安そうだった。

腰縄《こしなわ》を打たれて折り畳み式のパイプ椅子《いす》に腰かけた四十三歳の元工員は、何かを訴えるような眼差《まなざ》しを最上に向けてきた。最上は小さく顎《あご》を引いた。

東京・霞《かすみ》が関《せき》にある中央合同庁舎第6号館A棟内の検事調室だ。建物は通称、法務検察合同庁舎である。特捜部は九段《くだん》第一合同庁舎を使っている。

最上は窓側の検事席に坐っていた。右手横に検察事務官の机が据えられている。被疑者の斜め後ろには、護送警官が控えていた。

元工員は八日前に愛宕《あたご》署管内で窃盗を働いて、警察から送検されてきたのだ。被害額は三万円弱だった。しかも、被疑者に犯罪歴はなかった。

すでに検事調べは終わっていた。

最上は溜息をついた。深見隆太郎の告別式があったのは一昨日《おととい》だ。いま現在、午前十一時過ぎである。

「勤めてたプレス工場が七カ月前に急に倒産して、四カ月分の給料もついに手にできなかった。貯《たくわ》えがなくなっても、人間は喰《く》っていかなきゃならないよな」

「そ、そうなんですよ。毎日、ハローワークに通ってみたんですが、再就職口はなかなか見つかりませんでした」

「だろうね。失業率が三パーセント近いからな」

「わたし、丸二日何も食べてなかったんですよ。あまりにもひもじかったんで、スーパーから出てきた自転車に乗った主婦を突き倒して、バッグを引ったくってしまったんです。悪いことをしたと心から反省しています」

被疑者がうなだれた。

「魔が差したんだろうな」

「え、ええ。検事さん、わたしはどうなるのでしょう？　起訴されて、裁判にかけられた後《あと》、刑務所にぶち込まれるんですかね」

「その質問には答えられないな。ただ、被害者の怪我《けが》も軽かったし、おたくも罪を悔いてるようだから……」

「はい。それは、本当に悪いことをしたと猛省しています。検事さん、どうか温情をおかけください。お願いします」

「ご苦労さん！　もう愛宕署に戻っていいよ」

最上は言った。

所轄署の護送警官が被疑者を立たせ、一緒に検事調室から出ていった。

「最上検事にこんなチンケな事件ばかり担当させるなんて、偉いさんたちもどうかしてますよ」

検察事務官の菅沼直昭《すがぬまなおあき》が憤《いきどお》ろしげに言って、ボールペンを供述調書の上に投げ出した。

二十八歳の菅沼は直情型の相棒だった。コンビを組んで、はや二年になる。

「のんびりやるのも悪くないさ」

「上の連中は小心すぎますよ。最上検事の勇み足なんて、どうってことないのに」

「検察の人事権は法務大臣が握ってるからな。上層部の連中は政府関係者を刺激したくないんだろう」

「それにしても、最上検事を刑事部のマイナー部門に追いやったままなんですから、なんか赦《ゆる》せませんよ。最上検事は九段の特捜部で仕事をすべきお方です」

「菅沼君、もういいんだ」

最上は微苦笑した。

東京地検特捜部は、財政班、経済班、特殊・直告班に分かれている。

財政班は、脱税事件が担当だ。経済班は証券取引に関する事件や警視庁の汚職事件などの捜査に当たっている。特殊・直告班は政界などの独自捜査が守備範囲である。

東京地検特捜部は、超エリート検事の集団だ。それだけに検事数は四十人と少ない。その人数は年度によって、多少の増減がある。

そうした超エリート検事たちの補佐役として、二人の副検事と九十人の検察事務官が働いている。副検事は、司法試験に合格しても司法修習を受けなかった者、検察事務官や法務事務官や教官、裁判所事務官や書記官、警部以上の警察官、三等陸尉、三等海尉、三等空尉以上の自衛官などを三年以上経験した者から選ばれる。言うまでもなく、検察官であることに変わりはない。

特捜部は現在、東京地検、名古屋地検、大阪地検の三カ所しかない。中でも最も注目されているのが東京地検特捜部である。

「本被疑者は、どう扱われるおつもりですか？」

菅沼が問いかけてきた。

「この程度の犯行《ヤマ》でいちいち起訴してたら、地裁の連中が面倒がるだろう。それに、被疑者もだいぶ反省してる様子だったからな」

「それでは、例によって、公訴の必要なしですね？」

「ああ、不起訴処分にしよう」

最上は決断した。

毎年、全国の検察庁で取り扱う刑法犯の処理人数は約五十万人にのぼる。そのうちの四割強が家庭裁判所に送致され、残りの六割弱が地裁送りの検討対象になる。しかし、実際に起訴されるのは半分以下だ。

多くの事件が不起訴になっているのは現刑法が検察に公訴権を与え、その自由裁量に任せているからだ。小さな窃盗や傷害事件の場合は、不起訴にする検事が多い。

その代わり、起訴された刑事事件の有罪率は九十九・八パーセントを上回る。昔から検察は、起訴した以上は勝たなければならないという意識が強い。

その気迫に圧倒されてしまうのか、裁判所は求刑に近い判決を下すケースがほとんどだ。大半は、検察の求刑の七掛けの量刑判決が下されている。

それ以下にすると、検察に控訴される恐れがあるからだ。控訴された場合、担当判事は減点される。

出世欲の強い裁判官の中には、適当なところで検察側と折り合いをつけてしまおうと考えている者がいる。その数は少なくない。それだけ検察のパワーは強いということになる。

「おっと、お礼を言い忘れるところだった。菅沼君、わざわざ深見組長の告別式に顔を出してくれて、ありがとう」

「いいえ。個人的には通夜にもうかがいたかったのですが、上から妙な御触《おふ》れが回ってたもんですから……」

菅沼が言いにくそうに言った。相棒には、だいぶ前に深見隆太郎が命の恩人であることを喋っていた。

「きみが顔を出してくれたことは嬉しかったが、今後はあまり勝手な真似《まね》はしないほうがいいな。下手したら、釧路《くしろ》地検か那覇《なは》地検に飛ばされるよ」

「そうなっても、別にかまいません。職場の同僚の恩人の葬式にも出ようとしない奴らは、社会性を欠いてます！」

「死んだ深見組長は堅気《かたぎ》じゃなかったんだ。うっかり通夜や告別式に顔を出したら、仕事面でマイナスになりかねない。職場のみんなを責める気はないよ」

「故人が組を構えてたといっても、最上検事の命の恩人だったんです。いくら何でも、情《じょう》がなさすぎる」

「もういいじゃないか。それより、次の取り調べの予定は入ってなかったな?」

最上は確かめた。

「ええ、残念ながら。うちの部長は、最上検事を干す気なんじゃないでしょうか」

「そうかもしれないな。しかし、あんまり忙しいよりはいいよ。負け惜しみに聞こえそうだがね」

「いいえ、そんなことはありません」

「暇なのは結構だが、何もしないのも気が咎《とが》める。税金泥棒なんて言われたくないからな」

「ええ、それはね」

「済まないが、未着手の告発状や投書を取ってきてくれないか」

「俸給《ほうきゅう》分の仕事は、ご自分で見つけるということですね?」

「ま、そういうことだな」

「わかりました」

菅沼が机から離れ、検事調室から出ていった。刑事部フロアに向かったのだ。

地検は、警察など捜査機関から送致される刑事事件を扱っているだけではない。一般市民の告訴、告発はもちろん、一通の投書からも事件の捜査に乗り出している。

菅沼に告発状や投書の類《たぐい》を取りに行ってもらったのは別段、急に士気《しき》を取り戻したからではない。金になりそうな事件があるかどうか探《さぐ》りたかったのだ。

きのう、最上は一日がかりで深見隆太郎の不動産や動産を調べてみた。

自宅を兼ねた組事務所や有料立体駐車場の土地は、それぞれ第二抵当権まで設定されていた。第一抵当権者はメガバンクで、第二抵当権者は地方銀行だった。借入総額は予想よりも、はるかに多かった。しかも、一年以上も前から利払いも滞《とどこお》らせている始末だった。

仮にメガバンクと地銀が相談して深見隆太郎名義の不動産を競売にかけても、融資額の半分も回収できないのではないか。二つの物件は、リーマンショック以前に融資を受けている。いまは、地価がその当時の三分の一近くまで下がってしまった。深見が言っていたように、六千万円程度の現金が残ると考えるのは甘すぎる。

預貯金の額も少なかった。深見は何か勘違いしていたのだろう。生命保険金は三千万円だった。それで長年溜《た》め込んでいた居酒屋の出入り業者への未払い分をきれいにしたら、数百万円しか残らないだろう。

有料立体駐車場の収益は月に六十万円そこそこだ。テラ銭にしても、年に二千万円も入っていなかった。

どうやら深見は借金を重ねながら、二十七人の組員を抱えてきたらしい。といっても、小遣い程度の金を渡すのが精一杯だったのではないか。

亀岡たち組員は深見と盃を交わしたばかりに、貧乏くじを引かされたわけだ。

運が悪かったと言ってしまえば、それまでだが、そんなふうにはドライに割り切れない。

最上は深見の無責任さに腹を立てながらも、二十七人の組員の行く末が気がかりだった。

彼らの大多数は、妻たちに生計を支えてもらっている。美容院や飲食店を経営する妻を持つ組員はたったの三人で、ほかの連れ合いたちはスーパーマーケットや町工場で働いて夫を喰わせている状態だ。独身の組員たちも、交際中の女性をスナックやゲームセンターで働かせているようだった。

代貸の亀岡にしても、決して豊かな暮らしをしているわけではない。彼の妻と娘は月島《つきしま》の貸店舗でもんじゃ焼きの店を切り盛りし、ようやく家族を支えている。

最上は、そんな組員たちを見捨てることができなかった。考え抜いた末に、彼は正体を伏せて脛《すね》に傷を持つ悪党どもから金を脅し取る決心をした。

といっても、プロの恐喝屋に成り下がる気はない。二十七人の組員たちに五千万円ずつ渡したら、すぐに裏のダーティー・ビジネスは辞めるつもりだ。

それまでは、行きがかり上、偽名で隠れ三代目組長にならざるを得ないかもしれない。その必要があったら、肚《はら》を括るつもりだ。

上着の内ポケットでスマートフォンが震動した。職場にいるときは、いつもマナーモードにしてある。最上はスマートフォンを取り出した。

「わたしよ」

発信者は玲奈だった。

「きみには、すっかり世話になってしまったな」

「水臭いことを言わないで」

「感謝してるよ」

「少しは落ち着いた？　まだ無理よね、一週間も経ってないから」

「もう大丈夫だよ」

「そう。これからが大変ね。遺産相続の手続きもあるだろうし、組も解散しなければならないだろうし」

「組はすぐに解散はしないことにしたんだ。というよりも、いまはまだ解散できない事情があるんだよ」

最上はそう前置きして、恩人の遺言音声の内容を手短に話した。

「それで、偽名で三代目になる気持ちになったのね。ちょっとユニークな存在じゃない？」

「玲奈には大反対されると思ってたんで、なんか拍子抜けしたよ」

「わたしが反対したところで、どうせ僚さんは言うことなんか聞かないでしょ？」

「だろうな」

「それで、十三億五千万円もの大金をどうやって工面するの？」

「わからない。わからないが、なんとかしなけりゃな」

「呑気《のんき》ねえ。外国の宝くじの特賞は何十億円なんてものもあるようだから、有り金はたいて、まとめ買いしてみる？　半分は冗談だけど、そういう方法ぐらいしか一攫千金《いっかくせんきん》の夢は見られないでしょ？」

「そうかもしれないな。とにかく、本気になって大金を摑む方法を考えてみるよ」

「どうしても工面できなかったら、わたしがこっそり悪質な大口脱税者たちを教えてあげる。そういう連中を三、四人揺さぶれば、十億や二十億円の口止め料はせしめられるんじゃないかな」

玲奈があっけらかんと言った。

「本気でそんなことを言ってるのか⁉」

「ええ、半分はね。わたし、狡猾《こうかつ》な大口脱税者どもを何とか懲《こ》らしめてやりたいのよ。でも、そうした奴らは超大物の政治家や高級官僚と繋《つな》がってるから、なかなか尻尾《しっぽ》を摑ませないの。狡《ずる》い連中を誰かが痛めつけてやらないと……」

「同感だね」

最上は相槌《あいづち》を打った。何やら味方を得た気がして、心強かった。

玲奈には非合法な手段で短期間に巨額を強請《ゆす》り取ることを秘密にしておくつもりだったが、場合によっては打ち明けてもよさそうだ。ただ、まだ早いだろう。

「今夜、何か予定が入ってる？」

「いまのとこ特にないが……」

「だったら、わたしの部屋に来ない？」

玲奈が恥じらいを含んだ声で誘いかけてきた。彼女は代々木上原《よよぎうえはら》の賃貸マンションで独り暮らしをしている。実家は藤沢《ふじさわ》市内にある。

「こないだのつづきをやろうってことか」

「それだけが目的じゃないわよ。僚さんが精神的にまいってるだろうと思ったから、少し近くにいてあげようと考えたの」

「わかってるって。突発的に何か急用ができない限り、きみのマンションに行くよ」

た。

「八時過ぎには行けるだろうな」

最上はそう言って、通話を切り上げた。

スマートフォンを懐に戻したとき、段ボール箱を両腕で抱えた菅沼が検事調室に戻ってきた。

「ご苦労さん！　かなり入ってそうだな」

「五、六十通はありそうですよ。ほとんどが開封されていますが、検事部の人間がまともに目を通した様子はないですね」

「そう。ここに置いてくれないか」

最上は自分の机の上を手早く片づけた。段ボール箱が机上に置かれる。

「昼飯喰ってこいよ」

「はい。それじゃ、お先に」

菅沼が検事調室から出ていった。

最上は段ボール箱の中に手を突っ込み、無造作《むぞうさ》に封書を抓《つま》み上げた。すべての告発状と投書に目を通すつもりだ。

気が滅入《めい》ってきた。

3

読み終えた五十数通の告発状や投書は、どれも私怨《しえん》絡みの個人攻撃だった。妬《ねた》みによる中傷も目立つ。

人間は、どうして他人《ひと》の成功や繁栄を妬《ねた》むのだろうか。他人は他人、自分は自分ではないか。

最上はうんざりしながらも、残りの封書を次々に手に取った。

隣家の娘が夜十時過ぎまで毎晩のように下手なピアノを弾くので、それとなく注意をした。すると、娘の父親が烈火のごとく怒って、さまざまな厭《いや》がらせをするようになった。

そのことを近所の交番の巡査に訴えたが、まともに取り合ってもらえなかった。このままでは、一家全員がおかしくなってしまう。東京地検の力で何とかしてもらえないだろうか。

マンションの上階に住んでいる若いＯＬがブランド物の服やバッグで着飾り、六百万円もする高級外車を乗り回しはじめた。ほんの七、八カ月前までは倹《つま》しい暮らしをしていたはずなのに。

いつからか、彼女は自分の部屋に複数の男性を夜ごと出入りさせるようになった。真上の部屋の借り主は自宅で売春をしているのではないか。それで、急に金回りがよくなったにちがいない。すぐに調べてもらえないだろうか。

そんな内容の投書ばかりだった。

とても文面を最後まで読む気にはなれなかった。最上は興味のない封書を机の端に積み上げた。

何気なく段ボールの底を覗《のぞ》くと、未開封の封書があった。最上はそれを取り上げ、すぐ封を切った。差出人欄には小室大輔《こむろだいすけ》という名しか記《しる》されていない。

最上は三つ折りにされた便箋《びんせん》を抓《つま》み出し、達筆な文字を目で追いはじめた。

初めてお手紙を差し上げます。

小生は小室大輔と申します。三十三歳です。四谷《よつや》の医療法人博愛会《はくあいかい》総合病院に勤務する内科医です。

数年前から病院側のミスによる医療事故が目立って多くなりましたが、小生の勤務する病院でも、その種のアクシデントが後《あと》を絶ちません。

およそ一年前には、手術患者の取り違え事故が発生しました。同じ日にそれぞれ胃と片方の腎臓摘出手術を受けることになっていた二人の中年男性が取り違えられて、健全な臓器を抉《えぐ》り取られてしまったのです。つまり、胃を摘出されることになっていた患者は誤って片方の腎臓を切除されたわけです。もうひとりは逆に胃を取られてしまいました。

担当看護師や執刀医たちが大変なミスに気づいたのは、なんと三日も後のことでした。病院側は担当スタッフに箝口令《かんこうれい》を敷き、二人の患者と示談交渉に入りました。

胃や片方の腎臓がなくても、死ぬようなことはありません。被害に遭《あ》われたお二人は当初、告訴も辞さないと息巻いていました。慌《あわ》てた病院側は二人の患者に一億円を超える和解金を提示しました。それで結局、示談は成立しました。

すでに示談が成立していますので、もはや小生があれこれ言う気はありません。

ですが、示談がまとまった翌月、またもや大変なアクシデントが発生したのです。癌治《がんち》療《りよう》の放射線源に使っていた放射性物質のカリホルニウム252が院内から消えました。

カリホルニウム252は直径一ミリ、長さ三・三センチの金属容器に収められた小さな線源ですが、推定放射能量は四百万ベクレルとかなり多いのです。カリホルニウム252に一メートルまで近づいた場合、わずか九日間で一般人の年間被曝《ひばく》線量限度を超えてしまいます。

かなり昔に茨城県東海村のＪＣＯ東海事業所で起きた臨界事故とは比較になりませんが、危険は危険です。

この線源は直径六十センチのドラム缶に放射線を遮《さえぎ》るパラフィンを詰めてから、金属ケースごと入れて保管し、社団法人日本アイソトープ協会で廃棄してもらうことになっています。しかし、紛失したカリホルニウム252はいまも発見されていません。

このような事故を招いたのは、明らかに病院側の管理ミスです。言い訳のできない過《あやま》ちでしょう。

さらに去年の暮れには、内科で人体実験の犠牲になった患者がいます。

その方は四十六歳の男性で、タクシードライバーでした。うちの病院を訪れたのは昨年十一月の中旬でした。

小生の医大の先輩に当たる担当医の川手秀司《かわでしゅうじ》氏はバセドー病による周期性四肢麻痺《ししまひ》と診断し、タクシードライバーを入院させました。治療に時間はかかりますが、特に怖い病気ではありません。

ところが、三週間が経過したころ、その患者は急死したのです。小生はびっくりし、何か医療ミスがあったのではないかと直感しました。

先輩の川手ドクターにストレートに問いかけてみましたが、彼は言下《げんか》に否定しました。ですが、先輩は明らかに狼狽《ろうばい》していました。

それで小生は密かに調査してみました。その結果、川手氏が診断治療とはまったく関係のない不正治験を六件も施《ほどこ》していたことが明らかになったのです。残酷な人体実験と言ってもいいでしょう。

専門的になりますので、詳細は省《はぶ》かせてもらいます。最後に行われたインスリン・ブドウ糖負荷《ふか》試験が患者の心臓に極度の負担をかけたにちがいありません。これは、非常に危険な検査です。

また、それ以前に投与されたマンニトールという薬剤はバセドー病はもとより、周期性四肢麻痺に効果があるというデータは世界中を探しても、どこにもありません。

いくつかの仮説に基づいて、川手ドクターが独断で人体実験をした疑いが濃厚です。小生は院内を駆け回って、証拠保全になる医療器具を探してみました。しかし、すでに廃棄済みでした。

なぜか、急死した患者のカルテの一部はなくなっていました。残されたカルテにも、薬剤名を書き換えたと思われる箇所が二、三ありました。

そうしたことを考えますと、内科部長が医療事故の揉み消しに関与した疑いもありそうです。もしかしたら、病院ぐるみの隠蔽《いんぺい》工作だった可能性もあるかもしれません。いずれにしても、タクシードライバーの死因が一種の人体実験であったことは完全に伏せられています。

死亡診断書には死因が急性心不全と書かれているだけで、原因欄には何も記述されていませんでした。患者は甲状腺機能亢進病《こうじょうせんこうしんびょう》の悪化で、入院されました。心臓が弱かったわけではありません。死因が急性心不全というのは、納得できないのです。ちょうど四十歳の川手先輩は、優秀な内科医です。四十代の後半には、部長に昇進するでしょう。当人は、なかなかの野心家です。小生は、そのことに危惧《きぐ》を抱いているのです。川手ドクターは功名心に衝《つ》き動かされて、やってはいけない人体実験をしてしまったのではないでしょうか。仮説を立証したら、それは大変な手柄になりますので。

医大でも職場でも先輩である川手氏を内部告発するのは、ひどく気の重いことです。ですが、腐敗しきった現実から目を逸《そ》らすことはできません。

何日か悩みましたが、こうして筆を執《と》った次第です。捜査には全面的に協力いたしますので、どうか何らかの形で小生の告発に応《こた》えていただけないでしょうか。よろしくお願いいたします。乱筆乱文にて失礼いたします。

最上は便箋を折り畳んだ。

単なる誹謗《ひぼう》中傷の類《たぐい》ではなさそうだった。便箋を封筒の中に戻し、内ポケットにしまう。ほかの投書を段ボール箱の中に投げ込んで、最上は椅子から腰を浮かせた。不起訴の書類は後で書けばいい。

これから博愛会総合病院に行くことにした。最上は検事調室を出て、エレベーターホールに急いだ。

エレベーターを待っていると、誰かに軽く肩を叩かれた。最上は体ごと振り返った。

綿引伸哉《わたびきのぶや》が立っていた。警視庁捜査一課の敏腕刑事だ。最上よりも、三つ年上だった。

「検事殿、どうもしばらくです。深見組の二代目が亡くなりましたね。噂によると、故人とは多少のつき合いがあったとか？」

小柄な綿引が、いつものように上目遣《づか》いで言った。掬《すく》い上げるような眼差《まなざ》しだった。

「故人にちょっとした借りがあるんですよ」

「そうなんですか。深見組は、どうなるんです？」

「今後のことは、わかりません。もう少し二代目の体が保《も》つと思ってたんですがね」

最上は返事をはぐらかした。綿引の嗅覚《きゅうかく》は鋭い。うっかり不用意なことを口走ったら、とことんマークされる羽目になるだろう。

「いっそ検事殿が跡目を継いでは？　われわれ公務員は、所詮《しょせん》、歯車の一つです。その点、組長には魅力があります。一国一城の主ですからね。経済的には不安定でしょうが、好きなように生きることができるんではありませんか」

「現職刑事がそんなことを言ってもいいのかな」

「別に問題はないでしょう。公務員にも、言論の自由は与えられてますので」

「それはそうですが。綿引《ワタ》さん、いつか私立探偵にでもなったら？」

最上は、からかった。

「できたら、一匹狼になりたいな。しかし、そうもいきません」

「なぜです？」

「定収入のある生活とおさらばするわけにはいかない理由があるんですよ」

綿引がそう言って、こけた頬を撫《な》でた。表情は翳《かげ》っていた。

最上は、無神経な言葉を口にしてしまった自分を心の中で罵倒《ばとう》した。綿引は二年前に指名手配中の強盗殺人犯を追いつめ、発砲してきた相手を射殺している。そのことをつい忘れていたのだ。

れっきとした正当防衛だった。当然のことながら、綿引は法的には罰《ばつ》せられなかった。しかし、職務上だったとはいえ、人ひとりを殺した事実は重い。

綿引に撃ち殺された男には若い妻と二歳の娘がいた。同僚刑事から聞いた話によると、綿引は月々の俸給の中から十万円を強盗殺人犯の家庭に送り届けているそうだ。

最上は直《じか》に綿引に噂の真偽を確かめたことはない。しかし、事実だと確信している。

綿引は検察庁の人間に対してライバル意識を露《あらわ》にするが、根は骨っぽい男だ。正義感がありり、誠実でもある。

「あなたの古傷に触れるつもりはなかったんだが、少し神経がラフでした。勘弁してくださ
い」

「どの古傷のことを言ってるんです？　わたしは野良犬みたいな生き方をしてきたんで、全
身、古傷だらけですんでね」

「もう察しがつくでしょう？」

「さあ、なんのことなのか」

「そんなふうにとぼけるのも、綿引《ワタ》さんの男の美学なんだろうな。おれ、そういうのは嫌い
じゃありませんよ」

最上は言った。

「なんのことだか見当がつきませんが、検事殿にそんな言われ方をすると、尻《けつ》の穴がこそば
ゆくなってきます」

「綿引《ワタ》さんも役者だな」

「役者？　わたしは、いつだって素《す》のままで生きてますがね。何か隠してるとでも？」

「話題を変えましょう。きょうは、どんなことで地検に来られたんです？」

「先月、池袋《いけぶくろ》で発生したストーカーによる女子大生殺しの新事実を摑んだんで、担当検事

にご報告に」

綿引が答えた。

「ということは、いま綿引《ワタ》さんは池袋署に設置された捜査本部に出張《でば》ってるんですね」

「そうです」

「帳場が立ったのは、ちょうど一カ月ぐらい前でしたよね？」

最上は確かめた。警視庁や道府県警が所轄署に捜査本部を設けることを帳場が立つという。警察用語だ。

「ええ、丸ひと月になりますね。しかし、まだ真犯人《ホンボシ》を絞り込めていません。被害者《マルガイ》の女子大生はキャバクラでバイトをしてて、けっこう男関係が派手だったんですよ」

「そうなんですか」

「検事殿も早く本部事件係に復帰してほしいな。そうすれば、また仕事をご一緒できますのでね」

「もう復帰はできないでしょう。窓際でのんびり居眠りをさせてもらいますよ。それより、一緒に昼飯でもどうです？」

「担当検事殿と昼食を摂《と》る約束をしちゃったんですよ。その前に用を足そうと思って廊下に出たら、最上検事殿の後ろ姿が見えたんで、ちょっとご挨拶をと思ったわけです」

「トイレに行く途中だったのか。つい長話をしちゃって、申し訳ない。どうぞトイレに急いでください」

「そうさせてもらいます」

綿引が目礼し、トイレのある方向に足を向けた。

最上はもう一度、エレベーターを呼ぶボタンを押し込んだ。綿引と話し込んでいる間に二度、函《ケージ》の扉が開いた。しかし、最上は会話を打ち切る気になれなかった。

待つほどもなく、ケージの扉が左右に割れた。

無人だった。最上はエレベーターで一階に降り、職員用の駐車場に急いだ。

少し空腹感を覚えていたが、マイカーのスカイラインに乗り込む。車体の色は黒だった。二千ccのセダンだ。まだ車のローンは払い終わっていない。

車を発進させ、外堀《そとぼり》通りに出る。

目的の博愛会総合病院は四谷見附《よつやみつけ》から少し奥に入った場所にあった。八階建ての大きな建物は外壁塗装したばかりらしく、白く輝いていた。

最上は車を外来用駐車場に入れ、病院の玄関ロビーに足を踏み入れた。

ロビーの左手にある会計窓口と薬の受け渡しカウンターの前に人の姿が見えるが、診療受付窓口は白いカーテンで閉ざされている。

最上は案内板に歩み寄った。

略図を見ると、内科の診療室は一階の右手奥にあった。最上は奥に進んだ。

内科の診療室は五つのブースに仕切られていた。それぞれのブースの前には、長椅子が五列ずつ並んでいる。しかし、患者の姿はひとりも見当たらない。

最上は真ん中のブースの受付窓口を覗き込んだ。

三十歳前後の丸顔の女性看護師が机に向かって、何か書類に書き込んでいた。最上は女性看護師に声をかけた。

「小室先生にお目にかかりたいのですが……」

「先生はおりません」

「学会か何かに出席されるため、出張されたのでしょうか」

「いいえ、そうではありません。失礼ですが、どちらさまでしょう？」

看護師が問いかけてきた。

「東京地検刑事部の者です」

「小室先生、何か法に触れるようなことでも？」

「いや、そうではありません。小室さんが地検にある情報を提供してくれたんですよ。それで直《じか》にお目にかかって、先生から詳しいお話をうかがいたいと思ったんです」

「そうなんですか。実は小室先生、無断欠勤してるんですよ。几帳面《きちょうめん》な方ですので、そういうことは一度もなかったんですけどね」

「小室さんのご自宅の住所を教えてもらえませんか」

最上は頼んだ。相手が困惑顔になった。警戒の色もにじんでいる。

「これを見せれば、協力してもらえるかな?」

最上は身分証明書を呈示《ていじ》した。

看護師が黙ってうなずき、壁のフックからアドレスノートを外した。〝コ〟の項を開き、メモ用紙にボールペンを走らせる。手渡された紙片には、所番地と固定電話番号が書かれていた。小室の住まいは、杉並区和田のマンションだった。

最上は看護師に謝意を表し、スカイラインに戻った。スマートフォンを取り出し、小室の自宅に電話をしてみる。いくら待っても、先方の受話器は外れなかった。

最上は車を発進させた。

新宿《しんじゆく》通りを進み、伊勢丹の横を抜けて靖国《やすくに》通りに入る。そのまま青梅《おうめ》街道をしばらく走って、高円寺《こうえんじ》陸橋の数百メートル手前を左に折れた。

小室の住む『杉並スカイコーポ』は、女子美大の裏手にあった。七階建ての洒落《しゃれ》たマンションだった。最上はスカイラインを裏通りに駐《と》め、マンションのエントランスロビーに入った。

オートロック・システムではなかった。管理人もいない。

小室の部屋は五〇三号室だ。最上はエレベーターで五階に上がり、五〇三号室のインターフォンを鳴らした。なんの応答もない。

留守なのか。最上は、試《ため》しにドア・ノブに手を掛けてみた。ノブは楽に回った。

部屋の主が施錠しないで外出したとは考えにくい。室内で何か異変が起こったのではないか。

最上は、あたりを素早く見回した。

人の姿は目に留《と》まらない。最上は室内に入り、奥に声をかけてみた。なんの反応もなかった。

「小室さん、ちょっとお邪魔しますよ」

最上は靴を脱いで、奥に向かった。

間取りは1LDKだ。リビングの電灯は点いていた。フローリングの床に、背広姿の男が俯《うつぶ》せに倒れている。最上は男に駆け寄った。首に電気コードが二重に巻きついている。三十二、三歳に見える。小室だろうか。

最上は、倒れた男の首筋に触れてみた。

冷たかった。すでに死後硬直を来《きた》している。最上はハンカチを使いながら、男の所持品を検《しら》べた。運転免許証で、死者が小室大輔であることは確認できた。

おそらく小室は内部告発したことで、昨夜、帰宅直後に何者かに殺害されたのだろう。犯人は、川手という先輩ドクターなのか。それとも、病院に雇われた殺し屋《プロ》の仕業なのだろうか。

最上は大急ぎで運転免許証をポケットに戻した。ひとまず現場から遠ざからないと、厄介なことになる。

最上は手に触れた物をハンカチで神経質に拭《ぬぐ》い、玄関ホールに走った。

4

靴を履《は》こうとしたときだった。

五〇三号室のインターフォンが鳴った。最上は焦《あせ》った。いま誰かと顔を合わせるのは、できれば避けたい。

最上は息を詰めた。ドア・スコープに顔を寄せる。

ドアの向こうに立っているのは、二十五、六歳と思われる髪の長い女性だった。健康的な美人だ。

何かのセールスではなさそうだった。女性は小首を傾《かし》げると、茶色いバッグの留金《とめがね》を外した。取り出したのはキーホルダーだった。合鍵で部屋に入る気になったのだろう。

美女は小室の交際相手か、妹なのか。どちらにしても、姿を見られるのはまずい。

最上は大急ぎで自分の靴を持つと、隠れる場所を探した。

玄関ホールのすぐ横に、トイレがあった。だが、来訪者にドアを開け閉めする音を聞かれてしまうだろう。

トイレに接して浴室があった。ドアは半開きだった。バスルームの中に隠れることにする。

最上は足音を殺しながら、浴室に近づいた。

半開きのドアを押すと、派手な物音がした。プラスチックの洗面器と腰掛けが洗い場のタイルの上に転げ落ちたようだ。

そのすぐ後《あと》、玄関ドアが開いた。

もう手遅れだ。最上は観念して、玄関ホールに戻った。ちょうど髪の長い女性が後ろ手に青いスチールのドアを閉めたところだった。

「ど、どなたなんですか!?」

「泥棒ではありません」

「でも、靴なんか持って怪しいわ」

「あらぬ疑いをかけられたくなかったので、ちょっと隠れる気になったんですよ」

「空き巣なんでしょ、本当は」

「違います。わたしは東京地検刑事部の検事です」

最上は靴を三和土《たたき》に置き、相手に身分証明書を見せた。

「ほんとに検事さんなんですか。そういう身分証明書なら、偽造できそうね」

「偽《にせ》検事ではありませんよ」

「そう言われても……」

女は、まだ疑わしそうだった。

やむなく最上は運転免許証も見せた。それで、ようやく相手に信じてもらえた。

「失礼だが、あなたは？」

「野口芽衣《のぐちめい》です」

「小室さんとは恋愛関係にある方ですか？」

「はい、婚約者です」

「お仕事は？」

「彼と、小室大輔さんと同じ病院に勤めています」

「女医さんですか？」

「いいえ、薬剤師です。あのう、どうして検事さんがこの部屋に？」

芽衣が訊いた。

「実は地検の刑事部に、小室さんから内部告発の手紙が届いたんですよ。それで博愛会総合病院に小室さんを訪ねたら、無断欠勤しているというので、自宅にお邪魔したんです」

「大輔さんは奥にいるんですね？」

「いることはいますが、小室さんはもう亡くなられています」

「悪い冗談はやめてください」

「冗談ではありません。玄関のドアがロックされていなかったんで勝手に室内に入らせてもらったら、小室さんがリビングの床に倒れていたんですよ。首には、電気コードが二重に巻きつけられていました。電灯が点いていましたから、小室さんはきのうの晩から未明の間に殺されたんだと思います」

最上は言った。

芽衣が悲鳴に似た声を放ち、パンプスを蹴るように脱ぎ捨てた。彼女は最上を押しのけ、まっすぐ居間に走った。すぐに最上は小室の婚約者を追った。リビングに入ると、芽衣は遺体に取り縋《すが》って涙声で喚《わめ》いていた。

「いやーっ、起きて！　大輔さん、起きてちょうだい」

「亡骸《なきがら》から離れたほうがいいな。小室さんが殺害されたときの状態にしておかないと、警察は犯人を見つけにくくなるかもしれませんからね」

「大輔さん、目を開けて！　お願いだから、目を開けてちょうだい」

「辛いだろうが、離れるんだ」

最上は芽衣を死体から引き剝《は》がした。芽衣はフローリングの床に泣き崩れた。

いまは何を訊いても、とても答えられないだろう。最上は屈《かが》み込んで、芽衣の震える肩を無言で軽く叩きつづけた。

嗚咽《おえつ》は高まる一方だった。十数分経つと、芽衣はようやく泣き熄《や》んだ。

「一一〇番通報する前に、あなたに教えてほしいことがあるんだ」

最上は芽衣を抱え起こし、ソファセットに導いた。向かい合う位置に腰かけ、封書ごと小室の手紙を芽衣に渡す。

芽衣はハンカチで目頭を押さえながら、内部告発の手紙を読みはじめた。艶《つや》やかな長い髪は乱れていた。

やがて、芽衣が手紙を読み終えた。便箋を三つ折りに畳み、封筒の中にしまった。

「そこに書かれてることは、事実なんだろうか」

最上は問いかけた。

「一年ぐらい前に手術患者の取り違え事件があったことは確かです。それから、その事件後一カ月ほどして、カリホルニウム252が院内で紛失したことも間違いありません」

「去年の暮れに入院中のタクシードライバーが急死したことは？」

「ええ、それも知っています。でも、内科の川手先生が人体実験をしてた疑いがあるという話は大輔さんから聞いていませんでした。院内にも、そうした噂は流れていなかったと思います」

「小室さんと川手氏の仲は、どうだったんだろう？」

「出身医大が同じでしたので、二人は割に仲よかったですよ。川手先生は後輩の大輔さんには目をかけていた感じでしたし、大輔さんのほうも川手先生を頼りにしてるような面がありました」

「そういう間柄だったとすれば、小室さんが悪意をもって川手氏を陥《おとしい》れるなんてことは考えられないだろうな」

「そういうことは絶対に考えられませんね」

芽衣が言葉に力を込めた。

「小室さんは、あまり出世欲はなかったのかな？」

「まったくなかったと言ってもいいでしょう。彼は四十歳になったら、無医村か離島のドクターになりたいと本気で言ってたんです」

「赤ひげタイプだったんだな」

「ええ、そうでした。いつも大輔さんは、医は仁術だということを忘れてるドクターが多すぎると嘆いてましたね」

「そういうことを考え併《あわ》せると、川手氏がタクシー運転手に人体実験をしたことは間違いなさそうだな」

「そうなんでしょうか」

「小室さんの手紙によると、川手氏はなかなかの野心家らしいね。そのあたりのことは、どうなんだろう？」

「確かに上昇志向は強い方ですね。上司の内科部長の阿相将生《あそうまさお》先生を無能呼ばわりして、手《て》塚孝仁《づかたかひと》院長に取り入ってる気配がうかがえますので」

「内科部長と院長のことをもう少し詳しく教えてほしいんだ」

最上は上着の内ポケットから、黒い手帳を取り出した。

「阿相先生は開業医タイプで、患者さんひとりひとりに病状を丁寧に説明して、診察にじっくり時間をかけるんですよ。薬も必要なものだけしか処方したがりません」

「要するに、良心的なドクターなんだ？」

「ええ、そうですね。ただ、博愛会総合病院にしがみつこうとしてるというか、手塚院長には逆《さか》らうことがないんです。大輔さんは、そういうとこに少し焦《じ》れているようでした」

「内科部長は生《は》え抜《ぬ》きなのかな？」

「いいえ、六年前に公立病院から引き抜かれたんですよ。ですけど、合理的な経営をめざしてる手塚院長は、きっと阿相部長をスカウトしたことを後悔しているにちがいありません」

「手塚院長は理事長も兼ねてるのかな？」

「ええ、そうです。ベッド数三百床を超える総合病院はたいてい院長と理事長が別々なんですけど、博愛会総合病院は手塚一族が経営権を握ってるんですよ。副理事長は奥さまですし、理事も院長の実弟や娘といった身内ばかりです。規模は小さくありませんけど、要するに個人病院ですよね」

芽衣が自嘲気味に言った。大学病院か公立病院に対して、ある種のコンプレックスを抱いているのだろう。

「手塚院長は、いくつなのかな？」

「ちょうど六十歳です。阿相先生は、四十八、九だったと思います」

「話を元に戻しますが、小室さんの最近の様子はどうだったんでしょう？　何か思い悩んでるようには見えなかったかな」

「言われてみると、去年の十二月中旬ごろから、彼は時々、急に暗い表情を見せたりするようになりましたね。先輩の川手先生を告発すべきかどうか、ひとり思い悩んでたのかもしれません。そういうときに、彼に深く塞《ふさ》ぎ込んでる理由を訊くべきでした。そうしていれば、こんなことにはならなかったんでしょう」

「あなたが自分を責めることはないですよ」

最上は慰めた。

「大輔さん、自分ひとりで悩んでいないで、わたしに悩みを打ち明けてくれればよかったのに」

「小室さんは、婚約者のあなたを巻き込みたくなかったんでしょう。それだけ、あなたのことを想《おも》っていたにちがいない」

「それにしても……」

芽衣が下を向き、喉の奥を軋《きし》ませた。

啜《すす》り泣きは、ひとしきりつづいた。芽衣の涙が涸《か》れると、最上はすぐに言葉を発した。

「ほかに何か気づいたことは？」

「大輔さんは十二月の二十日前後に、医療問題に詳しいフリージャーナリストに会いに行ったはずです」

「そのフリージャーナリストの名前は？」

「えーと、確か石坂《いしざか》という姓でした。ええ、石坂敬明《たかあき》さんです。敬明という名の従兄《いとこ》がいるんで、下の名前まで記憶してたの」

「そうですか。小室さんは石坂というフリージャーナリストに、博愛会総合病院の医療事故や一種の人体実験のことをペンで告発してもらう気だったんじゃないだろうか」

「そうだったのかもしれません。けれど、石坂という方の協力を得られなかったので、大輔さんは東京地検に内部告発の手紙を出したんじゃないのかしら」

芽衣はそう言いながら、切手の上に捺《お》された消印を見た。今月の十一日の日付になっていた。

「石坂というフリージャーナリストの連絡先まではわからないだろうね」

「はい、そこまではわかりません。でも、大輔さんは多分、石坂さんの名刺を持っていると思います。その名刺がどこかにあるはずです」

「そうだろうね。ところで、なぜ、あなたはここに来たんです？」

最上は訊いた。

「職場で大輔さんが無断欠勤してると聞いて、朝から何度もスマホと固定の両方に電話してみたんですよ。でも、いっこうに連絡が取れないので、急に心配になってきたんです。それで仮病を使って、病院を早退《はやび》けさせてもらったの」

「そうだったのか」

「あのう、そろそろ警察に連絡したほうがいいのではないでしょうか？」

　芽衣が遠慮がちに言った。

「警察には、こちらが連絡しましょう。あなたは、ひとまず引き揚げたほうがいいな」

「なぜなんです？」

「多分、わたしが死体の第一発見者でしょう。小室さんの婚約者のあなたがここにいたら、捜査員たちはしつこく事情聴取をするでしょう」

「それでも、かまいません。それで一日も早く警察の人が大輔さんを殺した犯人を捕まえてくれるなら、わたし、全面的に協力します」

「その気持ちもわかりますが、警察は被害者と親しかった者に対しては、いろいろ根掘り葉掘り訊くものです。たとえば、あなたが月に何度ぐらい小室さんの部屋に泊まってるのかとか、最近喧嘩をしたことはないかとかね。それから、あなたの過去の男性関係も探《さぐ》られるだろうな」

　最上は誇張気味に言った。芽衣のいるときに一一〇番するのは何かと不都合だ。彼女を追い払って、何か手がかりを得たいと考えていたからだ。

「そんなことまで調べられるんですか⁉」

「ええ、やるでしょうね。裏付けを取るため、あなたが以前親しくしていた男性にも刑事は会いに行くんじゃないかな」

「そこまでされるのは迷惑だわ」

「でしょうね。婚約者がこんなことになって悲しみに沈んでるときに、そのような煩《わずら》わしい思いをすることはありませんよ。惨《むご》い言い方になるが、ここであなたが不快な事情聴取に応じても、亡くなられた小室さんが生き還《かえ》るわけではありません」

「それはそうですけど」

「ご存じでしょうが、検事は警察の捜査をチェックする立場にあります。ここは、こちらに任せていただけませんか」

「わかりました」

芽衣がソファから立ち上がり、深々と一礼した。そのまま彼女は玄関に足を向けた。

最上は芽衣が部屋から出ていくと、利き手の指先にハンカチを巻きつけた。

改めて小室のポケットを探る。名刺入れはどこにも入っていなかった。最上はセミダブルのベッドのある洋室に入り、クローゼットの扉を開けた。

コートや背広が掛かっていた。最上は、すべてのポケットを検《あらた》めてみる気になった。ほどなく黒革の名刺入れが見つかった。その中にフリージャーナリストの名刺も入っていた。石坂の自宅は中野《なかの》区東中野五丁目だった。マンション住まいだ。

最上は石坂の名刺を自分の上着のポケットに突っ込み、さらに小室の衣服のポケットを検《しら》べつづけた。

キャメルカラーのウールコートの左ポケットに、手帳が入っていた。友人や知人のアドレスだけではなく、行きつけの飲食店の電話番号も記してあった。

何かの役に立つだろう。しばらく拝借させてもらおう。

最上は被害者の手帳を懐《ふところ》に突っ込み、なおも室内を物色《ぶっしょく》しつづけた。

すべての引き出しを開け、家具の裏側まで覗いてみた。しかし、事件の手がかりになるような物は何も見つからなかった。引き揚げるほかなさそうだ。

最上は五〇三号室を出て、ドア・ノブをハンカチで拭った。自分の指紋を消すためだ。

自然な足取りでエレベーター乗り場に向かい、一階に降りる。いつの間にか、午後三時を過ぎていた。

最上はマンションを出ると、スカイラインに乗り込んだ。

スマートフォンで一一〇番通報する。『杉並スカイコーポ』の五〇三号室で殺人事件が発生したことだけを告げ、急いで電話を切った。当然、名乗らなかった。それでも、警察は通報者を割り出すだろう。そのときはそのときだ。

最上は病院に戻る前に、石坂というフリージャーナリストに会ってみることにした。

スカイラインを走らせはじめる。

住宅街を数百メートル進んで、青梅街道に出た。中野坂上交差点を左折し、山手《やまて》通りを直進する。道なりに行けば、東中野駅の横を抜けることになる。

石坂の自宅マンションは、中央線の線路の向こう側にあるようだ。

最上は東中野駅の五、六百メートル先で、左に曲がった。目的のマンションは造作なく見つかった。かなり老朽化した六階建ての建物だった。

最上はマイカーをマンションの斜め前に停めた。

フリージャーナリストなら、自宅にいる可能性もある。原稿を書いているかもしれない。電話をしないで、直接、部屋を訪ねることにした。

最上は車を降り、マンションに足を踏み入れた。エントランスロビーは埃《ほこり》っぽかった。

エレベーターで三階に上がる。石坂の部屋は三〇一号室だった。最上は部屋のインターフォンを鳴らした。

ややあって、スピーカーから中年男の不機嫌な声が響いてきた。

「どなた？」

「東京地検刑事部の者です。フリージャーナリストの石坂敬明さんですよね？」

最上は確かめた。

「ええ、そうです。地検の方がなぜここに？」

「博愛会総合病院の小室さんをご存じでしょう？」

「ええ、まあ」

「小室さんのことで少しお話をうかがいたいんですよ」

「わかりました。少々お待ちください」

スピーカーが沈黙した。

室内でスリッパの音がしたかと思うと、黄色いドアが勢いよく開けられた。四十年配の男は厚手のセーターを着ていた。下は白っぽいチノクロスパンツだった。どこかふてぶてしい面構《つらがま》えだ。

「石坂です」

「地検の最上という者です。あなた、去年の暮れに小室さんから何か協力を求められませんでした？」

「ああ、医療事故や人体実験のことでしょ？」

「そうです」

「小室さんがインターネットで内部告発の協力者を探してたんで、わたし、アクセスしたんですよ。それで、去年の十二月の二十一日の夜に新宿で小室さんにお目にかかりました」

「それで、どうされました？」

「小室さんの話が事実だったら、スクープものだなと震えがきたな。で、正月休み明けに早速、取材に取りかかったんです」

「当然、病院関係者にお目にかかったんでしょう？」

「ええ。それから博愛会総合病院に出入りしてる製薬会社の人間にも当たってみたんですが、結局、裏付《ウラ》けは取れませんでした。そのことを小室さんに言ったら、病院ぐるみで川手先生の人体実験を隠蔽《いんぺい》してるんじゃないかと言っていました。だけど、そういう気配は本当に感じられなかったんですよ」

「で、石坂さんは取材を打ち切ってしまったんですね？」

「ええ、そうなんです。月刊総合誌の特集の取材を控えてましたんでね。そうか、それで小室さんは東京地検に投書したんだな」

「でしょうね。それで、ちょっと内偵してみる気になったんですよ」

最上は言った。

「偽情報《ガセネタ》だったなんて言うと小室さんは怒るかもしれませんけど、彼の話は一種の妄想だったんじゃないのかな。なにしろ、問題のタクシー運転手さんの死因が急性心不全だったことは川手先生だけじゃなく、二人の看護師さんが確認したという話でしたからね」

「病院側の話を鵜呑《うの》みにするのは少々、危険なんじゃないだろうか」

「検事さんは、わたしに喧嘩を売りにきたんですかっ」

石坂が気色《けしき》ばんだ。

「まあ、冷静に！　警察情報で昨夜から今朝《けさ》未明にかけて、小室さんが杉並区内の自宅マンションで殺害されたことがわかったんですよ。そのニュースは、夕方にはテレビやネットで報じられるでしょう」

「殺された!?　ということは、小室さんが内部告発したがってた事柄は事実なのかもしれないな。よし、再取材してみよう」

「取材し直すのは結構ですが、捜査当局の邪魔をされないようにね。お忙しいところをありがとうございました」

最上は礼を述べ、石坂に背を向けた。いくら粘っても、もう収穫は得られないと判断したのである。

最上はマンションを出ると、スカイラインを四谷に走らせた。博愛会総合病院に着いたのは午後四時過ぎだった。

院内に入ると、警視庁機動捜査隊と所轄署の刑事たちの姿が目に留まった。最上は川手の所在を確かめるつもりだったが、すぐさま踵《きびす》を返した。

スカイラインに乗り込むと、スマートフォンが鳴った。

最上はスマートフォンを耳許《みみもと》に近づけた。すると、検察事務官の菅沼の小声が流れてきた。

「どこで油売ってるんですか？」

「部長がおれのことを探してるようだな」

「ええ。三十分おきに、最上はどこにいるんだと……」

「いま、四谷にいるんだよ。これからすぐ霞が関に戻る。菅沼君、うまく言っといてくれないか」

最上は電話を切り、イグニッションキーを捻《ひね》った。小室の死の真相を暴《あば》けば、少しまとまった金を手にできそうだ。

最上はほくそ笑《え》み、車を勢いよく走らせはじめた。

第二章　透《す》けた隠蔽《いんぺい》工作

1

捜査員たちは見当たらない。

報道関係者の姿もなかった。博愛会総合病院の一階のロビーだ。午後七時を回っていた。

最上はエレベーターに乗り込んだ。

いったん彼は職場に帰り、ふたたび病院を訪れたのである。殺された小室の事件は、早くもテレビニュースになっていた。ネットでも報じられた。第一報によると、マンションの入居者は誰も不審な人物を目撃していないらしい。

小室の遺体は、大塚にある東京都監察医務院で明日の午前中に司法解剖されるだろう。そうなれば、何か事件を解く鍵を得られそうだ。

函《ケージ》が停止した。

四階だった。内科入院棟の病室フロアである。

最上はエレベーターを降りた。エレベーターホールに接して待合室を兼ねた休憩室があって、その右手にガラス張りのナースステーションが見える。

真ん中の通路の両側には病室が並んでいた。手前の病室は相部屋で、特別室は奥まった場所にあるようだった。

最上はナースステーションに歩み寄った。

夜勤の看護師が六、七人、忙しそうに立ち働いている。最上は受付のブザーを押した。
四十二、三歳の女性看護師が応対に現われた。
「ご面会ですか？」

「いいえ。東京地検刑事部の者です」

最上は身分証明書を短く見せた。

「小室先生の事件のことですね？」

「ええ、まあ」

「地検の方が、どうしてこちらに見えられたのでしょう？」

「殺された小室さんから、内部告発の手紙が寄せられてたんですよ」

「内部告発って、なんのことなんです？」

「去年の十二月、入院中だったタクシードライバーが急死しましたよね？」

「ああ、神宮幹雄《じんぐうみきお》さんのことね。確か死因は急性心不全でした。それが何か？」

看護師が問いかけてきた。

「小室さんは、その死因が不自然だと訴えてきたんですよ。神宮というタクシードライバーは入院中に人体実験をされた疑いがあるとね」

「そんなことが行われたはずはありません。神宮さんが亡くなられた晩、わたしは臨終を見届けましたが、間違いなく心不全でした」

「小室さんは、患者がインスリン・ブドウ糖負荷試験をやられて急激に心臓を弱めてしまったのではないかと書いています。それ以前には、マンニトールという薬剤も担当医の川手氏が投与したのではないかとも……」

「マンニトールは使っていないと思いますよ」

「神宮さんのカルテを見せてもらえませんか」

「わたしの一存ではカルテをお見せすることはできません。内科部長の許しがなければ、外部の方にお見せできないんです」

「部長は阿相さんでしたね？」

「はい、そうです」

「お取り次ぎいただけませんか」

「阿相はもう帰りました」

「川手さんは？」

「当直ですので、いることはいますけど」

「呼んでいただけますか」

最上は看護師を見据えた。相手が考える顔つきになった。

「川手氏は、どこにいらっしゃるんです？　いる場所を教えてもらえれば、こちらが出向きますよ」

「ご案内します」

看護師が迷いを捩《ね》じ伏せるような口調で言い、ナースステーションから出てきた。最上は彼女の後に従った。

案内されたのは、エレベーターホールの左手の奥だった。手術室の向こう側に医局や当直室があった。

「ここでお待ちください」

看護師が最上に言い、当直室の中に消えた。最上は消毒剤臭い廊下にたたずんだ。

数分待つと、案内に立った看護師が当直室から出てきた。

「お目にかかるそうです。どうぞお入りください」

「お手数をかけました」

最上は看護師に言って、当直室に入った。

奥のソファセットの近くに、白衣をまとった四十歳前後の端整な顔立ちの男が立っていた。

「東京地検の最上といいます。川手さんですね？」

最上は問いながら、男に近づいた。

「ま、掛けてください」

川手がソファに目をやった。

最上は軽く頭を下げ、ひとり掛けのソファに坐った。川手は長椅子に腰かけた。

「小室が内部告発の手紙をそちらに送ったとか？」

「ええ」

「その手紙、読ませてもらえませんか」

「いいでしょう」

最上は上着の内ポケットから封書を取り出し、川手に手渡した。川手が憮然《ぶぜん》とした顔で便箋を引き抜き、文面を目で追いはじめた。

それから間もなく、川手が腹立たしげに声を放った。

「小室の奴、どうしてこんなでたらめを書いたんだろう」

「事実無根だとおっしゃるんですね？」

「無根も無根ですよ。わたしが患者さんに人体実験なんかするわけないじゃありませんか。そんなことをしたら、医師の資格をただちに剝奪《はくだつ》されてしまいます。常識で考えてみてくださいよ。誰がそんな無意味なことをやるというんですっ」

「小室さんの手紙には、かなり具体的なことが書かれていますよね。インスリン・ブドウ糖負荷試験とか、マンニトールなんて薬剤名も明記されていました」

「それが何だと言うんですっ。そんなことがいくら細かく書かれていても、わたしが人体実験をしたって証拠にはならない！」

「おっしゃる通りですね。しかし、小室さんはカルテにも何らかの操作が加えられた疑いもあると……」

最上は語尾を濁した。

「わたしは開業医じゃないんだ。担当医だからって、勝手にカルテの内容は変えられませんよ。部長や看護師だって、カルテは見るんです」

「一応、神宮さんのカルテを見せてもらえませんか」

「部長や院長の許可が下りたら、いつでもカルテをお見せしますよ。しかし、二人が許可するとは思えないな」

川手が挑《いど》むような目を向けてきた。

「阿相部長と手塚院長に打診してもらえませんか」

「それはかまいませんよ。明日、二人に訊いてみますが、まず無理でしょうね」

「とにかく、お願いします」

「わかりました。小室が生きてたら、名誉毀損《きそん》で告訴したい気持ちですよ。実に不愉快な話だ」

「小室さんは、なぜ、このような手紙を地検に郵送してきたんでしょう?」

最上は卓上に置かれた封筒と便箋を引き寄せ、さりげなく懐に戻した。

「小室は、わたしを妬《ねた》んでたんだろうな」

「妬んでた?」

「ええ、そうです。わたしがこの病院にいる限り、多分、小室は十五年先まで内科部長になるチャンスはなかったでしょう」

「ちょっと待ってください。小室さんの婚約者の野口芽衣さんの話によると、彼にはあまり出世欲はなかったということでしたが……」

「もう野口と会われたんですか⁉」

川手は驚きを隠さなかった。

「ええ。小室さんは、いずれ無医村か離島で働きたいと言ってたそうですよ」

「あいつは、野口にそんなことを言ってたんですか。小室は自分が負け犬になりたくなかったんで、いずれ土俵を降りるつもりだったんでしょう。彼にも、人並の野心はあったはずです」

「それは、どうなのかな。本気で、赤ひげを志願してたのかもしれませんよ」

「わたしには、そうは思えないな。小室は、このわたしが邪魔だったんだろう。だから、東京地検にわたしを陥《おとしい》れるような手紙を出したんでしょう。わたしのイメージがダウンすれば、彼が先に内科部長になれるチャンスが生まれるからね」

「あなたの言う通りだったとしたら、小室さんはなかなかの策士だな」

「ま、そういうことになりますね」

「小室さんは、誰に殺されたんだと思われます？」

「検事さん、まさかわたしを疑ってるんじゃないでしょうね。もし、疑ってるんだとしたら、見当違いも甚《はなは》だしい。第一、わたしには小室を殺さなければならない理由なんてありませんよ」

「動機がないとおっしゃるわけだ」

「ええ、そうです。わたしは神宮さんの治療で何もミスはしていないし、もちろん人体実験なんて恐ろしいこともしていません。後輩の小室にポストのことで先を越されるような心配もありませんでした。それから、感情的な縺《もつ》れもなかった」

「なるほど。小室さんが何かトラブルに巻き込まれたなんてことは？」

「さあ、どうなのかな。職場では何も揉め事はありませんでしたが、プライベートなことでは何かあったのかもしれません。小室は、ちょっと酒癖が悪かったんですよ」

「酔うと、見境なく他人《ひと》に絡むタイプだったのかな？」

最上は訊いた。

「その通りです。彼は素面《しらふ》のときは穏《おだ》やかそのものなんですが、酒が入ると、とたんに目が据《す》わっちゃうんです。それで、周《まわ》りの人間に突っかかりはじめるんですよ。それだけストレスを溜め込んじゃってたんだろうな」

「そうなんでしょうか。それはそうと、石坂というフリージャーナリストがこの病院に取材に来たと思うのですが……」

「ええ、来ましたよ。小室に焚《た》きつけられたようで、過去の医療事故のことや神宮さんの死因について、あれこれ質問してきました。わたしだけじゃなく、病院関係者たちからも話を聞き回ってたようだな。しかし、三、四日で姿を見せなくなりましたよ。小室の話に何も根拠がないことがわかったからでしょう」

川手がそう言い、わざとらしく左手首のロレックスに視線を落とした。

「何か予定がおありのようですね」

「ええ、ちょっと」

「それじゃ、失礼しましょう。カルテの件、よろしくお願いします」

最上は立ち上がって、当直室を出た。

ナースステーションに引き返し、さきほどの看護師に声をかける。看護師はすぐにやってきた。

「神宮さんの自宅の住所を教えてくれませんか。川手先生の諒解《りょうかい》は得ています」

最上は平然と嘘をついた。別段、看護師は怪しまなかった。

いったんナースステーションの中に戻り、神宮の自宅の住所をメモした紙切れを持ってきた。最上は礼を言って、メモを受け取った。

神宮の自宅は、新宿区百人町《ひゃくにんちょう》にある戸山《とやま》団地だった。最上は病院を出て、自分の車に乗り込んだ。遺族に会って、話を聞いてみる気になったのである。

戸山団地に着いたのは八時過ぎだった。

神宮の遺族は、中ほどに建つ棟の一階に住んでいた。最上はスカイラインを団地の敷地内に駐め、神宮の自宅に急いだ。

部屋のインターフォンを鳴らすと、四十四、五歳に見える太った女性がドアを開けた。

最上は素姓を明かし、相手に確かめた。

「博愛会総合病院で亡くなられた神宮幹雄さんの奥さんですね？」

「はい、そうです。東京地検刑事部の方が、なぜ来られたのでしょう？」

神宮の妻は不安げだった。最上は経緯《いきさつ》を語った。

「玄関先じゃ何ですので、どうぞお上がりください」

「それでは、お邪魔します」

「狭い所ですが……」

神宮の妻が案内に立った。

最上は奥の六畳の洋室に通された。人工皮革の安っぽいソファセットが置かれている。

神宮の妻は最上をソファに坐らせると、すぐに部屋を出ていった。茶の用意をする気なのだろう。

少し待つと、神宮の妻はひとり分の緑茶を運んできた。最上は向かい合う位置に坐った神宮の妻に、小室の手紙を読ませた。

「やっぱりね」

神宮の妻が便箋から顔を上げ、下唇をきつく噛《か》んだ。

「奥さんもご主人の死因に何か納得できないものをお感じになっていたんですね？」

「ええ。夫が入院中に診断治療とは関係ないような検査が七、八回あったんです。たとえば、血液を三十ccも採取したり、脳下垂体を調べたりね。それから糖尿の気《け》なんかなかったのに、インスリンの点滴もされたんですよ。そうこうしてるうちに、夫は心臓が痛いと言い出したんです。それから一時間も経《た》たないうちに、急死しちゃったの」

「そのとき、立ち会われたのは？」

「担当医の川手先生、それから黒沢《くろさわ》、谷《たに》という二人の女性看護師さんでした。検事さん、わたしの夫は手紙に書かれていたように、人体実験で殺されたのかもしれません。どうか徹底的に調べてください」

「もちろん、そのつもりです。内部告発をした小室さんが自宅マンションで殺害されたことは、もうご存じでしょ？」

「えっ、あの先生、殺されたんですか⁉　それはいつのことなんです？」

「昨夜から、きょうの未明の間でしょう。事件のことは夕方のテレビやネットで報じられましたよ」

「忙しくてニュースを観《み》てる時間もないんですよ。わたし、新聞配達の後、近くのクリーニング店で働いてるんです。家に帰ったら、炊事に追われて、それこそ息つく暇もありません。夫が急死しちゃったので、わたしが稼がなくちゃならないでしょ。二人の子供は、まだ学生なんですよ」

「大変ですね。いただきます」

最上は緑茶をひと口飲んで、すぐに言い重ねた。

「小室さんは、どんな人でした？」

「あの先生は優しい方でした。わたしの夫の担当医でもないのに、回診のときは必ず声をかけてくださったの。あんないい先生が殺されただなんて……」

神宮の妻は声を詰まらせた。

それから間もなく、最上は辞去した。スカイラインに乗り込み、玲奈のマンションに向かう。

戸山団地を離れて大久保《おおくぼ》通りに出たとき、最上は後続の白っぽいクラウンが気になった。団地の外周路の暗がりに、同じ車種の車が停まっていたからだ。

誰かに尾行されているのか。

最上は車のスピードを上げた。後続のクラウンも加速した。今度は減速してみる。怪しい車も同じように速度を落とす。やはり、尾《つ》けられているようだ。正体を突きとめてやろう。

最上は北新宿二丁目でスカイラインを左折させた。

不審な車は追尾《ついび》してくる。最上は青梅街道を突っ切り、新宿中央公園の真裏に車を停めた。

ごく自然にマイカーを降り、公園の中に入る。

尾行者を園内に誘い込み、少し痛めつけてみる気になったのだ。最上は学生時代に多国籍《マーシャル》格闘技《アーツ》を習っていた。

マーシャルアーツを直訳すれば、武道という意味になる。最上が習っていた格闘技は俗にアメリカ空手とも呼ばれ、日本の空手、キックボクシング、韓国のテコンドー、中国のカンフーなどを融合させた多国籍格闘技だ。突き技と蹴り技が主体だった。

最上は遊歩道を短く走り、繁みに身を隠した。そのまま十分ほど待ってみたが、不審な人物は追ってこない。

さらに五、六分待ってから、最上は新宿中央公園を走り出た。白っぽいクラウンは、どこにも見当たらない。どうやら相手に覚《さと》られてしまったようだ。

今夜は、もう尾けられないだろう。玲奈をあまり待たせるのは気の毒だ。

最上はスカイラインに駆け寄った。

2

寝室の空気が腥《なまぐさ》い。

情事の名残《なごり》だ。最上はベッドで煙草を吹かしていた。玲奈の自宅マンションの寝室である。

時刻は午前零時近かった。玲奈は最上の横で、胎児のように裸身を丸めている。四度もクライマックスに達し、疲れ果ててしまったのだろう。

最上は腹這《はらば》いになって、短くなったセブンスターを灰皿の底に捻《ひね》りつけた。火が消えたとき、急に玲奈が最上の背に火照《ほて》った頰を押しつけてきた。

「女殺し……」

「え?」

「わたし、もう男なしでは生きられないわ。僚さんのせいよ」

「おれも女なしじゃ、生きていけないよ。玲奈のせいだな」

最上は調子を合わせた。

「うふふ。話は違うけど、小室殺しの事件を本格的に調べてみたら?」

玲奈がそう言いながら、人差し指で最上の肩胛骨《けんこうこつ》をなぞりはじめた。最上はベッドインする前に玲奈に小室の手紙を見せ、これまでの経過をつぶさに話していた。

「そうするつもりだよ」

「わたし、協力するわ。カリホルニウム252の紛失もそうだけど、人体実験は絶対に赦《ゆる》せないもの」

「そうだな」

「ね、税務調査という名目で博愛会総合病院に潜《もぐ》り込んで、死んだ神宮幹雄という男のカルテを盗み出そうか？」

「いや、きみにそこまではさせられない。カルテは、おれが何とか手に入れるよ」

「そう。何か手伝えることがあったら、いつでも声をかけて。悪人狩りは愉《たの》しそうだもの」

「そのうち玲奈の手を借りることになるかもしれない。そのときは、ひとつ頼むよ」

「ええ、いいわ」

「シャワーを浴びるか」

最上は体を拭《ぬぐ》ってから、浴室に向かった。

ざっとシャワーを浴び、寝室に戻る。玲奈は小さな寝息を刻んでいた。最上は玲奈に毛布と羽毛蒲団を掛け、身繕《みづくろ》いをした。

走り書きを残して、抜き足で玄関に急ぐ。二人は互いに部屋の合鍵を預け合っていた。

最上は部屋のドアをきちんとロックし、マンションを出た。スカイラインに乗り込み、飯田橋の自宅マンションに向かった。

塒《ねぐら》に戻ったのは午前一時半ごろだった。

マイカーをマンションの駐車場に入れようとしたとき、最上は数十メートル離れた路上に見覚えのある白っぽいクラウンが停まっているのに気づいた。

今度こそ、尾行者の正体を突きとめてやる。

最上は大急ぎで五階の自分の部屋に行き、電灯のスイッチを入れた。急いで駐車場に戻り、マンションの前の通りをうかがう。

クラウンのヘッドライトが灯《とも》された。どうやら張り込みを打ち切る気らしい。

最上はクラウンが大通りに向かったのを目で確かめてから、スカイラインに乗り込んだ。たっぷり車間距離を取りながら、クラウンを追跡しはじめた。

怪しい車は春日《かすが》通りに出ると、池袋方面に向かった。最上は常に一、二台の車を挟みながら、クラウンを追尾しつづけた。

マークした車は明治《めいじ》通りにぶつかると、右に曲がった。しばらく直進し、西巣鴨《にしすがも》交差点を左折して白山《はくさん》通りに入る。まっすぐ帰宅する気なのか。それとも途中で、誰かと会うことになっているのだろうか。

クラウンは板橋区《いたばし》の仲宿《なかじゆく》から中山道《なかせんどう》に折れ、七、八百メートル先にあるファミリーレストランの広い駐車場に入った。

最上はスカイラインを中山道の路肩に寄せ、ハザードランプを明滅させた。すぐに車を降り、ファミリーレストランの広い駐車場に走り入る。

白っぽいクラウンは中ほどに停められた。

最上は駐車中の車に身を隠しながら、慎重にクラウンに接近した。クラウンの運転席から降りたのは四十四、五歳の男だった。

猫背で、冴《さ》えない中年男だ。ツイードの上着の下に、毛糸のヴェストを着込んでいる。スラックスの折り目は消えていた。

男は寒風に身震いしながら、足早にファミリーレストランの中に入っていった。最上はクラウンのナンバーを手帳に書き留め、中腰でレストランに近づいた。

嵌《は》め殺しのガラス窓から店内は丸見えだ。

猫背の中年男は奥のテーブル席に着いた。そこには、額の禿《は》げ上がった五十年配の男が坐っていた。猫背の男は、どこか卑屈《ひくつ》に見えた。待っていた男は逆に尊大だった。

クラウンを運転していた男は注文したコーヒーが届くと、急に上体を前に傾けた。五十男に何か報告している様子だった。先に店に来ていた男はうなずくだけだ。

男たちの密談は短かった。

十五分ほど経つと、脂《あぶら》ぎった印象を与える五十絡みの男が先に腰を上げた。最上は物陰に身を潜《ひそ》めた。待つほどもなく五十男が外に出てきた。スリーピースに身を包んだ男は駐車場の奥まで歩き、黒塗りのレクサスに乗り込んだ。

残念ながら、暗くてナンバープレートの数字は読めない。レクサスは、じきに駐車場から出ていった。

最上はふたたびプレートに目を向けた。ナンバープレートの数字は、頭の二字しか読み取れなかった。

最上は白っぽいクラウンの背後に回り込んだ。

猛烈に寒い。体の芯まで凍《こご》えそうだ。

十分ほど待つと、猫背の男がファミリーレストランから現われた。最上はトランクの陰に屈《かが》んだ。

猫背の男がクラウンに駆け寄った。ドア・ロックを解いている最中に、最上は相手の腰にタックルを掛けた。男は呆気《あっけ》なく横倒しに転がった。

最上は猫背の男をクラウンの真後ろに引きずり込み、まず相手の顎《あご》の関節を外した。

男が両手で頬全体を押さえながら、体を左右に振った。喉の奥で唸っている。

駐車場の裏には、コンクリートの万年塀が張り巡らされていた。隣のビルとの間は、十メートルほど離れている。

最上は猫背の男の脇腹と側頭部を蹴った。

速い連続蹴りだった。男が手脚《てあし》を縮め、転げ回った。

最上は相手の上着の内ポケットを探り、名刺入れを摑み出した。ライターの炎で照らしながら、中身を検《しら》べる。

同じ名刺が二十枚ほど入っていた。ゼネラル探偵社社長、泊栄次《とまりえいじ》と印刷されている。調査会社の所在地は東池袋になっていた。

最上は名刺を一枚だけ自分のポケットに入れ、残りをそっくり名刺入れに戻した。名刺入れを男の懐に突っ込んでから、顎の関節を元通りにする。

男が長く息を吐いた。

「こっちを尾けてたなっ」

「……………」

「まだ粘る気なら、今度は両腕の関節を外すぞ」

最上は威《おど》して、泊の腰を蹴った。泊がまた四肢を縮め、獣のように唸った。

「どうする？」

「もう乱暴なことはしないでくれ」

「依頼人は誰なんだっ」

「そ、それだけは言えない。勘弁してくれないか」

「時間稼ぎはさせないぞ」

最上は泊の腹に膝落としを見舞った。泊が野太く唸り、叫ぶように言った。

「福田《ふくだ》さんに頼まれたんだよ」

「そいつは何者なんだ？」

「博愛会総合病院の事務長だよ、福田さんは」

「フルネームは？」

「福田政臣《まさおみ》さんだ」

「事務長の依頼内容を詳しく喋ってもらおうか」

「福田さんは、内科の小室というドクターと接触したがってる人間がいたら、そいつの正体を突きとめてもらいたいと言ったんだよ。それで、二週間ぐらい前から小室ドクターに張りついてたんだ。わたしはきのう、おたくの姿を『杉並スカイコーポ』で見た。そんなことで、おたくを尾けてたんだよ」

「一緒にコーヒーを飲んでたのが福田なんだな？」

「そう。福田さんはおたくが小室ドクターを殺したのかもしれないから、もう少し尾行してみてくれと……」

「おれは小室さんを殺《や》っちゃいない。五〇三号室を訪ねたときは、もう小室さんは殺害されてたんだ」

最上は言った。

「そうだったのか。てっきりおたくが小室ドクターを殺したんだと思ってたが……」

「小室大輔を殺《や》ったのは、おそらく博愛会総合病院の人間だろう」

「ま、まさか」

「小室は、病院のマイナス材料を握ってたんだ。だから、葬《ほうむ》られたんだろう」

「マイナス材料？」

「福田って事務長から何も聞いてないようだな」

「事務長は、小室ドクターが怕《こわ》い筋に拉致《らち》される心配があるんだと言ってたが、そうじゃないんだ？」

「だろうな。小室は、あることで病院を内部告発しかけてたんだよ。だから、殺《や》られたんだと思う。ところで、探偵さん、もうおれの正体を突きとめたのか？」

「スカイラインのナンバーから、氏名や現住所は調べ済みだよ。おたく、最上僚さんだよな？」

「ああ、そうだ。職業は割り出せたのか？」

「いや、それはまだだよ。新宿中央公園のあたりで尾行に気づかれたと思って、調査を中断させたんで」

泊が答えた。

「なら、教えてやろう。おれは東京地検刑事部の検事だ」

「検事だって⁉」

「そうだ。これ以上、こっちにつきまとったら、何か手を打つぞ」

「手を打つって？」

「あんたの体を叩きゃ、いくらでも埃が出るんじゃないのか。え？」

「危《ヤバ》いことなんか何もやっちゃいませんよ」

「それなら、知り合いの刑事に何日か泊さん、あんたをマークしてもらってもかまわないな。埃が出ないようなら、何か罪をでっち上げてもらって、手錠《ワッパ》打ってもらおう」

「やめてくださいよ、そんなこと」

「なら、おれを尾行するのはやめるんだな」

「福田さんから着手金をたっぷり貰っちゃってるんで、調査をしないわけにはいきませんよ」

「福田には適当な報告をしとけ」

「そう言われても……」

「こっちに協力する気がないんだったら、明日から知り合いの刑事を張りつかせるぞ」

「わ、わかりましたよ。もう検事さんを尾《つ》けたりしません」

「いい心がけだ。約束を破ったら、今度はあんたの両腕をへし折るよ」

「検事さんが暴力を使ってもいいんですかっ」

「こっちが暴力を振るったって証拠はあるのか。あんたはチンピラに絡まれて、ぶっ飛ばされた。この目で見てたんだよ。あんたが警察に駆け込むなら、こっちが証人になってやろう」

「やくざみたいな検事だな」

「福田に余計なことを言うんじゃないぞ」

最上は凄んで、泊から離れた。

3

弔《とむら》い客は疎《まば》らだった。

小室大輔の通夜は、世田谷区上用賀《せたがやかみようが》五丁目にある実家で執《と》り行われていた。豪壮な邸宅だった。故人の父親は精密機器会社のオーナー社長である。

最上は、小室邸の近くの暗がりに立っていた。午後八時過ぎだった。

弔問客の姿を見かけると、最上は新聞記者に成りすまして必ず声をかけた。残念ながら事件の解明に結びつくような情報は得られなかった。

司法解剖の結果、小室は一昨日《おととい》の午後十時から十二時の間に絞殺されたことが判明した。凶器の電気コードからは、被害者の指紋しか検出されなかった。

室内からも、加害者の遺留品は発見されなかった。ただ、玄関ドアの鍵穴の一部が欠けていた。

犯人は特殊な道具で無理に鍵を抉《こ》じあけ、帰宅したばかりの小室の首に背後から電気コードを二重に巻きつけて一気に絞めたようだ。小室の頸骨《けいこつ》は折れていたらしい。

それらの情報を最上は午後二時過ぎに所轄署の知り合いの刑事から聞き出していた。

その刑事の話だと、事件当夜、マンションの入居者は誰も不審な人物を見かけなかったという。また、五〇三号室で人の争う物音を耳にした者もいなかったそうだ。

おそらく殺し屋《プロ》の仕業《しわざ》だろう。

最上は焦茶《こげちゃ》のレザージャケットの襟《えり》を立てた。

一時間以上も前から同じ場所に立っていたが、博愛会総合病院の手塚院長、阿相内科部長、川手の三人はまだ訪れない。故人の同僚だった若い医師や看護師たちはすでに焼香を済ませて、三々五々散っていった。

小室の婚約者の野口芽衣は、遺体のそばにいるのだろう。

最上は足踏みしはじめた。待つことに焦《じ》れはじめていた。

夜気は刃《やいば》のように鋭い。足許から鋭い寒気が這い上がってくる。

最上は事務長の福田が現われたら、暗がりに引きずり込んで痛めつける気でいた。

しばらくすると、銀灰色のロールス・ロイスが低速で近づいてきた。弔問客だろう。

最上は小室邸の生垣《いけがき》の際《きわ》まで退《さ》がって、煙草の火を踏み消した。ロールス・ロイスは小室邸の門の少し先で停まった。

最上は目を凝《こ》らした。

ロールス・ロイスから三人の男が降り立った。最初に姿を見せたのは川手秀司だった。

その次に降りたのは、四十八、九歳の男だ。川手は、その男に部長と呼びかけていた。内科部長の阿相将生だろう。

最後に車から出てきたのは六十年配の銀髪の男だった。院長の手塚孝仁と思われる。

黒のフォーマルスーツを着た三人は、すぐに邸《やしき》の中に消えた。ロールス・ロイスの中には初老の運転手だけが残った。

事務長の福田は、なぜ来ないのか。疚《やま》しくて、来られないのかもしれない。

最上は胸底で呟いた。

そのすぐ後、懐でスマートフォンが震えた。最上はスマートフォンを耳に当てた。発信者は深見組代貸の亀岡だった。

「若、いま『つわぶき』の女将《おかみ》が根津に見えてるんですよ」

「深見組長が面倒を見てた清水郁美さんだね？」

「そうです。女将、何かに役立ててくれって現金《ゲンナマ》一千万円を持ってきたんですよ。亡くなった組長《オヤジ》さんから貰った手当をそっくり貯金してたっていうんでさあ。若、どうしましょう？」

「その金は郁美さんのものです。受け取るのは、まずいな」

「自分もそう言ったんですが、女将、何がなんでも受け取ってくれって」

「亀さん、郁美さんはまだ家にいるの？」

「ええ、客間にいます」

「それじゃ、郁美さんを電話口に出してもらえませんか」

最上は言った。亀岡の声が途切れた。

少し待つと、郁美のしっとりとした声が流れてきた。

「お電話、替わりました」

「話は亀さんから聞きました。あなたのお気持ちはありがたいが、一千万円は受け取るわけにはいきません。金を受け取ったりしたら、故人があの世から戻ってきて、『おれに恥をかかせやがって』なんて言いながら、ドスを振り回すでしょう」

「二代目には、高価な着物や宝石を買っていただいたの。おかげさまでお店はうまくいってますので、お手当はいずれ故人にお返しするつもりだったんですよ。ですので、何かに役立ててほしいの」

「そのお気持ちだけいただきます」

最上は言った。

「こういう言い方は失礼だとは思いますけど、深見組は経済的に大変なんでしょ？」

「遣《や》り繰りは楽じゃないようです。しかし、こっちが何とかします。深見さんには恩義がありますんでね」

「三代目をお継ぎになられるのかしら？」

「恩人の遺言音声を聴かされたんで、逃げられなくなっちゃったんですよ。まさか本名で跡目を継ぐわけにはいきませんので、偽名を使うことになるでしょうね」

「わたし、余計なことをしてしまったのかしら？」

「別にあなたのせいではありません。遺言音声で故人が言ってましたが、二十七人の組員の身の振り方が決まるまでは組は解散できないと思ったんですよ」

「そうなんですか。でも、検事さんが賭場《とば》を張るわけにはいきませんよね。どうやって組員の方たちの面倒を？」

「何か新しいビジネスをはじめるつもりです。実は、もう青写真はでき上がってるんですよ」

「それじゃ、お持ちした一千万円は事業資金の一部に充《あ》ててくださいな」

郁美が言った。

「開業資金は、ほとんど必要ないんです。アイディアを金に換えようと考えてるんですよ」

「何か特許権でも申請されるおつもりなのね？」

「ええ、まあ。そういうことですので、お金はお持ち帰りになってください。こちらにも面子《メンツ》がありますから」

「わかりました。差し出がましいことをして、申し訳ありませんでした」

「いいえ、気になさらないでください。あなたのご厚意は嬉しかったですよ。納骨のときは、清水さんもぜひ立ち会ってください。お願いします」

最上はスマートフォンをレザージャケットの内ポケットに戻した。

それから数分後、川手たち三人が小室邸から出てきた。三人は、そそくさとロールス・ロイスに乗り込んだ。ロールス・ロイスは走り去った。

川手たち三人は義理で通夜の席に顔を出しただけなのだろう。故人の死を悼《いた》んでいたとしたら、これほど早く辞去する気にはならないはずだ。

福田が来るまで辛抱強く待つか。

最上は少し離れた路上に駐めてあるスカイラインに駆け戻り、すぐにエンジンをかけた。カーエアコンの設定温度も二十五度まで上げる。

車内が暖まったころ、小室邸から髪の長い女性が走り出てきた。芽衣だった。黒っぽいスーツの上に濃いグレイのウールコートを羽織《はお》ると、彼女は足早に広い表通りに向かった。スカイラインとは逆方向だった。

通夜の席を抜け出して、いったい野口芽衣はどこに行く気なのか。

芽衣を尾けることにした。福田は明日、締め上げればいい。

最上はライトを点け、スカイラインを低速で走らせはじめた。

いつの間にか、芽衣は小走りになっていた。よっぽど先を急いでいるのだろう。ほどなく彼女は環八《かんぱち》通りに出た。左に曲がる。

最上はスピードを上げた。

環八通りに達すると、三、四十メートル先に見覚えのある黒塗りのレクサスが路肩《ろかた》に停止していた。福田の車なのか。

意外にも、芽衣がレクサスの助手席に乗り込んだ。警戒している様子はうかがえない。運転席にいるのは、やはり福田なのだろうか。

これは、どういうことなのか。

最上は、わけがわからなかった。レクサスが走りだした。芽衣は小室と婚約しながらも、事務長の福田と親密な交際を重ねていたのだろうか。

殺された小室がフリージャーナリストの石坂に協力を求めたことや東京地検に内部告発の手紙を出した事実は、芽衣の口から福田に伝わったのか。医療事故や人体実験のことが表《おもて》沙汰《ざた》になったら、博愛会総合病院は間違いなく経営危機に陥る。

そこで焦《あせ》った福田は私立探偵の泊を雇って、小室と接触する人物をチェックさせていたのか。だとしたら、芽衣はとんでもない悪女ということになる。

しかし、まだ単なる臆測《おくそく》にすぎない。同じ職場の人間の車に芽衣が無防備に乗ったからといって、彼女が福田と邪《よこしま》な関係だとは断定できない。第一、レクサスのステアリングを捌《さば》いているのが福田だと確認したわけでもなかった。

芽衣は腹黒い女には見えなかった。彼女を疑うのはよそう。

最上はそう思い直し、前を行くレクサスを追尾しつづけた。

レクサスは瀬田《せた》交差点を右折し、玉川《たまがわ》通りの下り車線に入った。二子橋《ふたこばし》を越えると、今度は左に折れた。

二子新地《ふたこしんち》だ。昭和三十年代末まで三業地として栄えた場所だが、いま料亭はない。

川魚料理の店が数軒あるだけだ。カラオケパブやスナックの軒灯が侘《わび》しく灯《とも》っている。

レクサスは数百メートル先の割烹《かっぽう》旅館の車寄せに横づけされた。

最上は割烹旅館の入口付近で車を停め、車寄せに目を向けた。

レクサスの運転席から降りたのは、額の禿げ上がった五十男だった。紛《まぎ》れもなく福田だ。

芽衣も車を降りた。

福田は芽衣を従えて、割烹旅館の中に吸い込まれた。芽衣はどこか不安げだったが、福田と一緒に館内に消えた。ということは、二人は男女の関係なのか。

ふたたび芽衣を怪しむ気持ちが最上の中に生まれた。慌てて彼女に対する疑惑を打ち消したが、不審の念は完全には萎《しぼ》まなかった。

最上はスカイラインを割烹旅館の黒塀《くろべい》に寄せ、煙草をくわえた。小《こ》一時間経ったら、館内に踏み込むつもりだ。

検事であることを明かせば、旅館側も二人のいる部屋を教えてくれるだろう。福田と芽衣はどんな顔をするだろうか。

二人の反応を見れば、その関係の深さはひと目でわかりそうだ。最上は、芽衣が死んだ小室を裏切っていないことを祈りつつ、車内で紫煙をくゆらせた。

数十分が過ぎたころ、十五、六歳の少女がパワーウインドーのシールドを軽くノックした。髪は黄色と緑のメッシュで、顔は小麦色だった。マイクロミニの真紅のスカートを穿《は》いている。靴は厚底ブーツだ。ヒールは十四、五センチありそうだった。

「何かな？」

最上はパワーウインドーのシールドを下げ、少女に問いかけた。

「悪いけど、一緒に落とし物を探してくんない？」

「何を落としたんだ？」

「ちっちゃいお財布。すぐそこの路地で落としたみたいなんだけど、あたし、近眼だから、なかなか見つからないのよ。財布を見つけてくれたら、ホテルにつき合ってあげる」

「いくつなんだ？」

「十八よ」

「十五、六にしか見えないな」

「えへへ。ほんとは高一なんだ。あんまし学校に行ってないけどね。あたし、まだガキかもしんないけど、セックスは嫌いじゃない」

少女があけすけに言った。

「小遣いが足りなくなると、おじさんたちとホテルに行ってるようだな」

「月に二、三回ね。でも、おたくはイケてるから、お金はいらないよ。その代わり、ホテルに行く前にあたしの財布を見つけてね」

「ホテル行きはノーサンキューだ。財布だけ探してやろう」

最上は車を降りた。

少女が危なっかしい足取りで案内に立った。最上は導かれ、数十メートル先の路地に入った。暗かった。

「多分、このへんで落としたんだと思う」

少女がしゃがみ込んで、路面に目を落とした。

最上も屈《かが》んで、あたりを見回した。視力は両眼とも一・二だ。しかし、どこにも女物の財布は落ちていない。

「別の場所なんじゃないのか？」

最上は言いながら、立ち上がった。

　そのとき、背後で荒々しい足音が響いた。最上は振り返った。髪を金色に染めた十七、八歳の少年が険《けわ》しい顔つきで立っていた。

「おっさん、おれの女をどうする気なんだよっ。あん？」

「何を言ってるんだっ。こっちは女の子が落としたという財布を探してやってるだけじゃないか」

「ううん、嘘だよ。そのおじさん、三万円やるからエッチさせろって車の中から声をかけてきたの」

　少女がにたついて、金髪少年の片腕を取った。

「ほら、見ろ。おっさん、おれをなめんじゃねえぞ。今回は大目に見てやっから、十万円だしな」

「子供が美人局《つつもたせ》の真似なんかするんじゃないっ」

　最上は一喝《いっかつ》した。

「てめえ、開き直りやがって。有り金そっくり出せや。銭《ぜに》を出さねえと、痛い目に遭《あ》うぜ」

「吼《ほ》えるな、ガキ！　連れの女の子と一緒に早く消えろ」

「粋《いき》がってんじゃねえよ！」

　金髪少年がフード付きのパーカのポケットから何か光る物を摑みだした。刃物だ。

両刃のフォールディング・ナイフだった。

「マー坊、そのおっさんを血だらけにしてやんなよ」

少女が金髪少年をけしかけ、裏通りの暗がりまで退《さ》がった。

マー坊と呼ばれた少年がやや腰を落として、フォールディング・ナイフを斜めに構えた。胸の高さだった。

「人を刺すには、それなりの覚悟がいるもんだ。坊や、怪我しないうちにナイフをしまえ」

「うるせえ！　てめえをぶっ殺してやる」

「刺せるものなら、刺してみな」

最上は挑発して、マー坊に背を向けた。そのまま大股で歩きだす。誘いだった。

「おっさん、逃げんのかよっ」

マー坊が怒声を張り上げながら、駆け足で追ってきた。

最上は耳に神経を集めた。足音が背後まで迫った。最上は立ち止まるなり、中段回し蹴りを放った。ミドルキックは少年の胴を捉《とら》えた。

マー坊が短く呻き、横に吹っ飛んだ。弾みで、フォールディング・ナイフが舞う。

路上に転がったマー坊が落ちた刃物に右腕を伸ばした。

最上は踏み込んで、右脚を高く浮かせた。そのまま靴の踵《かかと》を垂直に落とす。

脳天を直撃されたマー坊が凄《すさ》まじい声をあげながら、水を吸った泥人形のように崩れた。テコンドーの踵《かかと》落としだった。必殺の荒技だ。その気になれば、たやすく脳天も割れる。

「マー坊、死なないで」

少女が男友達に駆け寄って、うろたえはじめた。

「安心しろ。別に死にゃしないよ。加減してやったからな」

「喧嘩に強いマー坊がやられるなんて、信じられないよ。おたく、何者なの？」

「ただのおっさんだよ」

最上は言って、また歩きだした。

路地から割烹旅館のある通りに出て、スカイラインに歩み寄る。車に乗り込もうとしたとき、割烹旅館の門から芽衣が走り出てきた。

芽衣はコートやバッグを胸に抱えていた。片手にはパンプスを提《さ》げている。

「どうしたんです？」

最上は芽衣に走り寄った。そのとき、視界の端に福田の姿が映った。

福田は最上に気づくと、慌《あわ》てて旅館の玄関に引き返していった。ワイシャツ姿で、ノーネクタイだった。

「最上さんがどうしてここに⁉」

芽衣が驚きの声を洩らした。

「小室氏の実家の近くで事務長の福田が現われるのを待ってたら、あなたが慌てた様子で表に出てきたんで、ちょっと後を尾けさせてもらったんですよ」

「そうだったんですか」

「野口さんがなぜ、福田なんかと……」

「あっ、誤解しないでください。わたし、事務長とはおかしな関係じゃありません。わたし、罠《わな》に嵌《は》まりそうになったんです」

「どういうことなのかな？」

「大輔さんの実家で台所仕事のお手伝いをしてたら、わたしのスマホに事務長が電話してきたんです。それで、福田事務長は人事のことで今夜中に話しておきたいことがあるから、環八通りまで出てきてくれないかと言われたんです」

「で、この割烹旅館に連れ込まれたのか」

「はい、そうなんです。事務長は奥の座敷に入るといきなり、来月からきみは主任だと言ったんです。その代わり、大輔さんが医療事故や人体実験のことを調べ回ってたという事実は外部の者には絶対に喋るなと釘をさされました」

「で、あなたはどうされたんです？」

最上は問いかけた。

「事務長の言葉で、院内で人体実験が行われたことは間違いないと確信を深めました。そして、すぐに事務長に大輔さんが内部告発しようとしたことは事実なんですね、と詰め寄りました」

「しかし、福田はそんな事実はないと否定した。そうなんでしょ？」

「ええ、そうでした。そして事務長は急にわたしを抱き竦《すく》めて、次の間に引きずり込もうとしたんです。そこには、派手な夜具が敷いてありました」

「福田はあなたをレイプして、部外者に余計なことを喋らせないようにしたかったんだろうな」

「そうだったんだと思います。事務長の卑劣な行為は赦《ゆる》せないわ」

芽衣が怒りに声を震わせながら、パンプスを履《は》いた。

「ああ、赦せないね。旅館に乗り込んで、福田を締め上げたいが、どうせ奴はあなたに妙なことはしなかったとシラを切るだろう。密室での出来事だったから、第三者の目撃証言も得られない」

「ええ、そうですね。事務長の行為は単なるセクハラではなく、悪質な犯罪です。法的に罰してもらうことは難しいでしょうけど、個人感情としては、あの男のことは一生赦すことはできません」

「当然だね、それは」

「去年の暮れに急死したタクシードライバーの神宮幹雄さんが人体実験をされたことは間違いありません。わたし、神宮さんの臨終に立ち会った看護師の黒沢さんと谷さんにそれとなく探りを入れてみます」

「おそらく二人の看護師は、もう鼻薬をきかされてるんだろう。看護師たちが何か喋るとは思えないな」

「それなら、わたし、神宮さんのカルテをこっそり盗み出します。おそらく不自然な箇所があるでしょう。そこを鋭く衝《つ》けば、川手先生も何かボロを出すかもしれませんよ」

「こっちも同じことを考えて、きのう、川手に神宮さんのカルテを見せてほしいって頼んだんだ」

「カルテ、ご覧になられました？」

「いや。川手は独断でカルテを見せるわけにはいかないから、内科部長や院長に相談してみると言ったんだ。で、きょうの昼過ぎに川手に電話をしてみたんだよ。そうしたら、何かの手違いで神宮さんのカルテが紛失してしまったという返事だった」

「そんなのは、見え透いた嘘ですよ。きっと神宮さんのカルテを処分したにちがいないわ」

「こちらも、そう思いましたよ。カルテを入手できなくても、人体実験のことは暴《あば》けるでしょう。こっちが動きだしたんで、病院側は慌てて隠蔽《いんぺい》工作に取りかかったんでしょうね。いまに必ずボロを出すと思うな」

「そうだといいんですけど」

「通夜の席に戻るんでしょ？」

「ええ、そのつもりです」

「こっちの車で小室邸まで送りましょう」

最上は芽衣をスカイラインの助手席に坐らせ、穏やかに車を発進させた。

小室の実家までは、ほんのひとっ走りだった。最上はマイカーを小室邸の生垣の横に停めた。

「わざわざありがとうございました」

芽衣が礼を言って、邸内に入っていった。

最上はルームランプを灯し、上着の内ポケットから探偵社社長の泊の名刺を抓《つま》み出した。名刺には、事務所の電話番号のほかに携帯電話のナンバーも印刷されている。

最上は名刺を見ながら、泊に電話をかけた。ツーコールの途中で、泊が電話口に出た。

「事務長の福田に余計なことは喋ってないな」

「その声は、東京地検の……」

「あんたに頼みたいことがある」

「な、何なんです？」

「そう身構えるなよ。福田の弱みを押さえてほしいんだ」

「福田さんの弱みですか⁉」

「そうだ。総合病院の事務長は、院長の片腕とも言える実力者だよな？」

「ま、そうですね」

「現に福田は厚遇されてるようで、レクサスを乗り回してる。高給を貰って、出入り業者からも袖の下を使われてるんだろう。福田はいかにも好色そうだから、若い愛人を囲ってるんじゃないか」

「ええ、多分ね」

「福田の女性関係を早急に調べてほしいな」

「そ、それはちょっとね。福田さんにはたっぷり着手金を貰ってるんで、どうも気が進まないな」

「断る気か。なら、明日からあんたに刑事の尾行がつくぞ」

「やります、調べますよ」

「また、こちらから連絡する」

最上は電話を先に切り、ルームランプを消した。

4

急に背中が寒くなった。

陽《ひ》が落ちたせいだ。最上は刑事部フロアの自席でぼんやりとしていた。午後四時半過ぎだった。

小室は何時間か前に火葬されただろう。婚約者の芽衣は骨揚《こつあ》げの途中で泣き崩れたのではないか。

最上は小室の告別式には意図的に顔を出さなかった。博愛会総合病院関係者に警戒心を抱かせたら、何かと動きにくくなると判断したからだ。

職場にいるときは、いつも時間の流れが遅い。きょうも仕事らしい仕事はしていない。

不起訴処分の手続きをしたきりだ。後は窓際の席で、ずっと日向《ひなた》ぼっこをしていた。

同僚検事の多くは出払っている。部屋には、馬場正人《ばばまさと》部長と数人の検事がいるだけだった。

最上は両腕を高く掲《かか》げて、大きな伸びをした。離れた席にいる部長が目敏《めざと》く見つけ、咎《とが》めるような視線を向けてきた。

「部長、何かご用でしょうか？」

最上は大声で訊いた。

「いや、別に」

「そうですか。てっきり部長から何か特別な任命をいただけるものと思ってましたが」

「それは厭味《いやみ》かね？」

「いいえ、滅相《めっそう》もない。わたしは馬場部長を検察官の鑑《かがみ》と尊敬しています。そんなお方に厭味や皮肉などは決して……」

「そうか」

「部長は、なぜ、そんなふうにお受け取りになられるのでしょう？」

「それはだな、きみがわたしを逆恨《さかうら》みしてるのではないかと感じてるからだ」

「逆恨み？」

「ああ、そうだ。きみは本部事件係を外されたことで、わたしに何か面白くない感情を持ってるんじゃないのか。しかしな、わたしの一存できみを外したわけじゃないぞ」

「わかっています。政府筋の意向があったことは存じていますよ。ですんで、わたしは部長個人に含むことなど何もありません」

「そうかね。それなら、それでいいんだ。これから部長会議があるんだよ」

馬場が話の腰を折って、逃げるように部屋から出ていった。

その直後、検察事務官の菅沼が刑事部に入ってきた。最上は少し前に、私立探偵の泊栄次の犯罪歴を調べてくれるよう菅沼に頼んであった。

菅沼が最上の席に歩み寄ってきて、小声で告げた。

「泊は去年の春に八王子《はちおうじ》署に恐喝未遂容疑で逮捕《パク》られてますね」

「やっぱり、そうだったか」

「泊は首都圏の高速道路インターチェンジの近くにあるモーテルで利用者の車のナンバーを調べて、約二百人の男性に不倫現場を押さえたという内容の脅迫状を送り届けたらしいんです。狙われたのは、3ナンバーの高級車に乗ってた男たちばかりです」

「泊は陸運支局で、中古車購入や車輛《しやりよう》保険の勧誘なんて名目で車検証の写しを手に入れたんだろう」

「ええ、その通りです。泊は金を脅し取る前に被害者に警察に駆け込まれて、ご用となったわけです」

「ドジな奴だな。恐喝未遂なら、執行猶予《ゆうよ》が付いたんだろう？」

最上は確かめた。

「ええ。現在、泊は執行猶予中です。何か罪を犯せば、間違いなく刑務所送りになります。いまは、おとなしく暮らしているんでしょう」

「そうだろうな」

「最上検事、なぜ泊の犯罪歴のことなど調べる気になられたんです？」

菅沼が訝《いぶか》しそうに訊いた。最上は、とっさに思いついた嘘を澱《よど》みなく喋った。

「知り合いの女性が泊って男に交際を申し込まれたらしいんだ。それで、少し素行を調べてもらえないかって頼まれたんだよ」

「そうだったんですか」

「ありがとう。助かったよ」

「そうだ、廊下で本庁の綿引刑事とばったり会いましたよ。それで、最上検事殿によろしくお伝えしてほしいと言われました」

「そう」

「それから綿引刑事、正午過ぎに池袋の女子大生殺しの真犯人《ホンボシ》を逮捕《パク》ったそうです。捕《つか》まったのはキャバクラの客ではなく、店のフロアマネージャーだったそうです」

「そうなのか。また綿《ワ》引《タ》さんは手柄を立てたな」

「綿引さんは名刑事ですからね。それじゃ、これで……」

菅沼が軽く頭を下げ、刑事部フロアから出ていった。

最上は腕を組んだ。

泊栄次が執行猶予中の身であることは何かと都合がいい。彼は、そのことを他人にはあまり知られたくないはずだ。恐喝未遂事件のことは新聞でも報道されたろうが、人々はまず泊の名も記憶には留《とど》めていないにちがいない。

泊に古傷をちらつかせれば、彼は言いなりになるだろう。場合によっては、泊をスパイに仕立てて、自分の代わりに恐喝代理人にすることもできそうだ。

最上はそう考えながら、立ち上がって刑事部を出た。

エレベーターで一階に降り、職員専用駐車場まで歩く。

最上は自分のスカイラインの車体に凭《もた》れ、泊のスマートフォンを鳴らした。冴《さ》えない私立探偵はツーコールで電話口に出た。

「最上だ。福田の女性関係は調べ上げてくれたか？」

「ええ、一応ね。福田さんは一年前まで博愛会総合病院で衛生検査技師をやってた大森由紀《おおもりゆき》という娘《こ》を愛人にしていました。由紀はぽっちゃりとした美人で、二十五歳です」

「いまは別の病院で働いてるのかな？」

「いいえ。由紀は週に二度だけ赤坂《あかさか》の『セリーヌ』というクラブでヘルプをしてるきりで、ほかの仕事には就《つ》いていません。福田さんから、かなりの額の手当を貰ってるんでしょう」

「そうだろうな。由紀という娘は、きょうは赤坂の店に出る日なのか？」

最上は訊いた。

「いや、今夜は出の日じゃありません。自宅マンションにいると思いますよ」

「マンションの所在地は？」

「大田区《おおたく》南馬込《みなみまごめ》五丁目です。『池上南馬込ハイツ』というマンションの二〇六号室に住んでます。池上本門寺《いけがみほんもんじ》の裏手にある六階建ての建物ですんで、行けばわかるでしょう。福田さんは、ほぼ一日おきに由紀の部屋に通ってるようですね」

「訪《おとず》れる時間は？」

「それは、まちまちみたいですよ。マンションの入居者の話だと、夕方に現われることもあるし、深夜に訪れることもあるそうです」

「そのマンションは、オートロック・システムなのかな？」

「いいえ、違います。管理人もいませんでした」

「そうか。泊の旦那《だんな》、今後もいろいろ協力してもらうぞ」

「もう勘弁してくださいよ」

泊が弱々しく言った。

だろう？」

「去年の春の恐喝未遂事件のことを業界に流してもいいのかな。あんた、まだ執行猶予の身
「汚《きたな》いじゃないかっ」

「そう興奮するなって。別に、あんたから口止め料をせしめようなんて考えちゃいない」

「それじゃ、いったい何のためにわたしの犯罪歴なんか調べたんです？」

「今後も情報集めをしてもらいたいんだよ。そのうち、また連絡する」

最上は一方的に言って、通話を切り上げた。

三階に上がり、奥の証拠品保管室に向かう。ふだんは施錠されているが、たまたまロックされていなかった。

最上は証拠品保管室に忍び込み、常習の泥棒が使っていた手製の万能鍵を盗んだ。

耳搔き棒ほどの長さで、平たい金属板だ。先端部分に三つの溝がある。最上は証拠品保管室を出て、刑事部の自席に戻った。五時まで席に留まり、さりげなく退庁した。

スカイラインに乗り込んだとき、玲奈から電話がかかってきた。

「銀座《ぎんざ》で一緒にイタリアンでもどうかと思ったの」

「悪い！　今夜は、根津に行かなきゃならないんだよ。三代目襲名の件で、亀さんと話があるんだ」

「そうなの。それじゃ、またにしましょう」

「すまない」

最上は通話を切り上げた。

玲奈の勤め先は築地《つきじ》にある。東京国税局は、かつて大手町《おおてまち》にあった。二人は週に一、二度、銀座でデートを重ねていた。

少し早いが、大森由紀のマンションに行ってみる気になった。

最上はスカイラインを走らせはじめた。

桜田《さくらだ》通りに出て、そのまま第二京浜《けいひん》に入る。国道一号線だ。

道路は渋滞気味だったが、それでも四十分そこそこで南馬込に着いた。最上は『池上南馬込ハイツ』の前を素通りし、マンションの少し先に車を停めた。

煙草を一本喫《す》ってから、ごく自然に車を降りる。由紀の自宅マンションの玄関ロビーに入り、階段を使って二〇六号室に近づいた。

室内には電灯が点いている。部屋の主はいるようだ。パトロンの福田は来ているのか。

最上は周囲をうかがってから、二〇六号室の白い玄関ドアに耳を押し当てた。

テレビの音声がかすかに響いてくるだけで、人の話し声はしない。部屋の中に福田はいないようだ。最上は階段の降り口に引き返し、一階に降りた。

エレベーターは二基あった。

最上はいったん表玄関を出て、マンションの地下駐車場を覗《のぞ》いた。レクサスは一台も駐められていなかった。

最上は自分の車に戻り、プレーヤーにCDをセットした。オスカー・ピーターソン・トリオの復刻盤だった。

一九七〇年代に流行《はや》ったモダンジャズに耳を傾けながら、張り込みを開始する。職務で幾度も被疑者や事件関係者の自宅や勤務先を張り込んだことがあった。

張り込みは、いつも自分との闘いだ。

マークした人物を粘り強く待ちつづける。焦《じ》れたら、悪い結果を招くことが多い。

最上は猟師のように、ひたすら獲物が近づいてくるのを待った。

一時間が過ぎ、二時間が経った。

それでも福田は姿を見せない。今夜は空振りに終わるのか。そう思いながらも、最上は諦《あきら》める気になれなかった。

時間だけが虚《むな》しく流れていく。

腹も空いてきた。しかし、最上は堪《こら》えた。

待った甲斐があった。十時を数分回ったころ、前方から黒いレクサスがやってきた。最上は上体を助手席の方に倒し、レクサスの運転席に目をやった。

ステアリングを握っているのは事務長の福田だった。レクサスは『池上南馬込ハイツ』の真横に停まった。

車を降りた福田は、すぐにマンションの中に消えた。

福田はひと休みしたら、愛人由紀の柔肌を貪《むさぼ》るつもりなのだろう。それまで、ここで待とう。最上は煙草をひっきりなしに喫い、空腹感をなだめた。

三十分待ってから、グローブボックスを開ける。ＩＣレコーダーとデジタルカメラを取り出し、上着のポケットに入れた。

最上は変装用の黒縁眼鏡《くろぶちめがね》をかけ、前髪を額いっぱいに垂らした。眼鏡のレンズに度は入っていない。

最上は静かに車を降り、『池上南馬込ハイツ』に急いだ。

エレベーターで二階に上がり、二〇六号室に近づく。最上は人目がないことを確かめ、両手に布手袋《ぬのてぶくろ》を嵌《は》めた。上着の内ポケットから万能鍵を抓《つま》み出し、そっと鍵穴に差し込む。

手首を小さく何度か回すと、金属が嚙み合う音がした。最上は一呼吸の間を取ってから、ドア・ノブをゆっくりと回した。

抜き足で玄関に入り、後ろ手にドアを閉める。奥から女の淫猥《いんわい》な呻き声が洩れてきた。

最上は静かに靴を脱ぎ、玄関ホールから奥に進んだ。

間取りは2LDKのようだった。中央のLDKを狭んで、二つの居室が振り分けられている。右側の洋室は暗く、物音がしない。

最上は姿勢を低くして、居間まで進んだ。左側の和室の仕切り襖は開いていた。八畳間の真ん中に緋色《ひいろ》の寝具が敷かれ、全裸の女が横たわっていた。二十五、六歳だった。大森由紀だろう。

由紀らしき色白の女は黒い紐《ひも》で亀甲縛《きっこうしば》りにされ、しどけない姿を晒《さら》していた。縄目《なわめ》の間から乳房が食《は》み出し、両脚は折り畳まれる恰好《かっこう》で括《くく》られている。ちょうど乳児のおむつを交換するときのスタイルだ。

股には黒い紐が何本も喰《く》い込み、性器を畝《うね》のように浮き立たせている。

福田はトランクスだけの姿で、女の股の間に胡坐《あぐら》をかいていた。その右手には、孔雀《くじゃく》の長い羽が握られている。福田の周《まわ》りには、さまざまな性具が無造作に散っていた。

最上は上着のポケットからデジタルカメラを取り出し、密かにICレコーダーの録音スイッチを入れた。

「福田事務長、お娯《たの》しみだな」

最上は声をかけた。福田がぎょっとして、振り向いた。最上は素早くデジタルカメラで動画を撮りはじめた。

福田が反射的に手で顔を隠す。縛られた裸の女も異変に気づき、驚きの声を発した。

「き、きさまは！」

福田が敷蒲団の上に立ち上がった。

最上は和室に躍《おど》り込み、福田に横蹴りを放った。空気が大きく揺れる。福田は和箪笥《わだんす》に頭を打ちつけ、畳の上に倒れた。

「ど、泥棒なの!?」

女が怯《おび》えた顔で言った。

「そうじゃない。福田に用があるだけだ。きみは大森由紀さんだな？」

「ええ、そう」

「しばらくおとなしくしててくれないか」

最上はデジタルカメラをしまい、畳の上から黒い紐の束を摑み上げた。福田を俯《うつぶ》せにさせ、紐で両手首を縛る。

「おい、これはなんのつもりなんだっ」

「内科医の小室大輔を殺し屋《プロ》に始末させたのは川手なのか。それとも、阿相内科部長か手塚院長が指図したのかっ」

「何を言ってるのか、さっぱりわからないな」

「空とぼける気なら、こっちにも考えがあるぞ」

最上は由紀の足許に坐り込み、大振りの筆を手に取った。

「きさま、由紀に悪さをする気だなっ」

「いや、悪さじゃない。一種の善行だろう」

「おかしなことはやめてくれーっ」

「それじゃ、正直に何もかも話してくれるのか?」

「そう言われても、まるで見当のつかない話だから、答えようがないじゃないか」

福田が顔を背《そむ》けた。

最上は口の端《はし》を歪《ゆが》め、由紀の秘めやかな肉を穂先でくすぐりはじめた。

「そんなことやめて。やめてください」

由紀が言った。強い口調ではなかった。パトロンの手前、一応、拒んで見せたのだろう。

最上は筆の先で愛液を掬《すく》い取り、それを性感帯にソフトに塗りつけた。由紀は、たちまち喘《あえ》ぎ声を洩らしはじめた。

「もう、やめてくれーっ」

福田が哀願した。最上は性具を床に落とした。

「一年ほど前に手術患者の取り違え事故があったな？」

「あったよ」

「その一カ月後には、博愛会総合病院の管理ミスで放射性物質のカリホルニウム252が紛失したなっ」

「それが何だと言うんだね。うーっ、痛くて死にそうだ」

「死んだ小室はそうした医療事故のほかに、去年の暮れに急死した神宮幹雄さんが入院中に人体実験をさせられたことも突きとめた。不必要なインスリン・ブドウ糖負荷試験なんかを繰り返したのは担当医の川手だった。そうだな？」

「川手ドクターは、仮説の裏付けが欲しくて……」

「やっぱり、そうだったか。小室大輔は神宮というタクシー運転手が度重なる人体実験で殺されたことを内部告発する気になった。それを知った川手は、事務長のあんたに相談した。で、あんたたち二人は共謀して殺し屋《プロ》に小室を絞殺させたんじゃないのかっ」

「そ、それは違う。小室ドクターが内部告発する気でいることを知った川手ドクターは、阿相内科部長と手塚院長に相談したんだ。わたしは院長に小室ドクターに近づく人物をすべてチェックしてくれと頼まれたんで、私立探偵を雇って……」

「その探偵は泊栄次だなっ」

「そうだよ。病院ぐるみで小室ドクターの内部告発をやめさせようと画策したことは事実だが、われわれは誰も彼の殺害には関与してない。本当なんだ。絶対に言い逃れなんかじゃない。頼むから、信じてくれーっ」

福田が涙声で訴えた。

「それじゃ、小室大輔は誰に口を封じられたというんだ！」

「犯人に見当はつかないが、病院関係者は殺人事件には絶対にタッチしていない。われわれは医療ミスを隠し通したかっただけなんだ。院長や内科部長が小室ドクターの懐柔《かいじゅう》を試《こころ》みたんだが、いっこうに効果がなかった」

「あんたの言ってることがどこまで事実なのか、院長、内科部長、川手の三人に改めて訊いてみよう」

最上は上着の左ポケットからＩＣレコーダーを取り出し、停止ボタンを押し込んだ。

「いまの会話を録音してたのか!?」

「ああ。この部屋に入る前に録音スイッチを押したんだよ」

「おしまいだな、わたしの人生はもう終わりだ。手塚院長は、わたしを即刻解雇するだろう」

福田が虚《うつ》ろに呟いた。

最上は福田の両手の縛《いまし》めだけをほどき、大股で和室を出た。由紀が何か言い訳を口にした。福田が怒声を張り上げた。

最上は足を速めた。

第三章　ハイエナの影

1

音声が途絶《とだ》えた。

最上はICレコーダーの停止ボタンを押し込んだ。

博愛会総合病院の院長室である。最上は総革張りの応接セットのソファに坐っていた。ソファは象牙色だった。大理石のコーヒーテーブルの向こうには、手塚院長が腰かけている。

窓から西陽《にしび》が射《さ》し込んでいた。手塚は額に手を当てたまま、憮然《ぶぜん》としていた。

「この音声は昨夜《ゆうべ》、福田事務長の愛人宅で収録したものです。事務長が囲ってるのは大森由紀という女性です。以前、彼女はこの病院で働いていました」

「…………」

「院長、どうされました？　あまりのショックで、一時的な失語症になったのかな。それなら、筆談でもかまいませんよ」

「福田の言ってることは事実じゃない！」

「そこまで空とぼける気なら、こっちも徹底的にやりますよ。そうなったら、この病院は廃業に追い込まれるだろう」

「えっ⁉」

「手塚さん、そこまで覚悟できてるんですか？」

「そ、そこまでは……」

「だったら、もう観念するんですね。カリホルニウム252の紛失には目をつぶってもいい。しかし、川手医師の人体実験は絶対に見逃せません。神宮幹雄さんは、川手に殺されたわけですからね」

「それは言い過ぎだ」

「川手はもちろん、院長のあなたと阿相内科部長も未必《みひつ》の故意《こい》の殺人罪共同正犯として告訴できる。仮に遺族が損害賠償を請求する民事訴訟を起こさなくても、刑事事件として立件できるんですよ」

「立件はできないだろう。神宮さんの遺体はとうに灰になってるし、カルテも紛失してしまったんだから」

「紛失したんではなく、あなた方が処分したんでしょうが！」

最上は声を尖《とが》らせた。

「処分したという証拠があるのかねっ」

「あります」

「いい加減なことを言うな」

「あなた方は気がつかなかったようだが、うちの検察事務官がこの病院のシュレッダーの中から見つけ出した神宮さんのカルテの切れ端を繋《つな》ぎ合わせて、証拠となる事実を掴んだんだ。貼り合わせたカルテは、証拠保全してあります」

「なんだって⁉」

手塚が蒼《あお》ざめた。最上は、ほくそ笑みそうになった。カルテ云々《うんぬん》は、一か八かのはったり《ブラフ》だった。

「それから、神宮さんの臨終に立ち会った二人の看護師さんからも重要な証言を得ている。黒沢さんや谷さんの話によると、神宮さんはインスリン・ブドウ糖負荷試験を受けた直後に容態が急変したそうですね。人体実験が行われたことは、充分に立件できます。福田事務長の証言も、こちらには有利な材料になる」

「川手君が悪いんだ。彼は功名心から、わたしや阿相内科部長に内緒で六度も必要のない不正治験をしてしまって」

「不正治験ではなく、人体実験でしょうが！　最も罪深いのは川手医師です。しかし、証拠湮滅《いんめつ》に関わった院長も悪いな。あなたは事務長の福田に命じて私立探偵を雇わせ、内部告発者の小室大輔と接触する人間をチェックさせた。小室氏と彼の協力者を誰かに抹殺させるつもりだったんじゃないのかっ」

「それは違う。小室君と彼の協力者を荒っぽい男たちに少し痛めつけてもらおうとは考えてたが、殺すなんてことはまったく……」

手塚が手を横に大きく振った。

「本当に小室さんの殺害には関与してないんだね？」

「天地神明《てんちしんめい》に誓って、嘘なんかじゃない。おそらく小室君は、うちの病院の内部告発とは別に何か不正の事実を摑んでたんだろうな。だから、若死にすることになったにちがいない」

「彼が何を調べてたのか、思い当たることは？」

「何も思い当たらないよ。ところで、東京地検はわれわれを罪人として裁判にかける気なのか？」

「院長のお考えによっては、不問《ふもん》に付《ふ》すこともできなくはありません」

最上は口調を和《やわら》げ、駆け引きに入った。

「当然、何か条件があるんだろうな。率直に言ってくれないか」

「まず神宮さんの遺族に三億円の賠償金を払ってもらう。それから院長ご自身の手で、川手医師にインスリン・ブドウ糖負荷試験をしていただきたい」

「そんなことをしたら、川手君は心臓をやられてショック死してしまうかもしれないじゃないか」

「そこまではやれないとおっしゃるなら、あなた方を法廷で裁いてもらうことになります」

「ま、待ってくれないか。神宮さんの遺族に三億円は払う。それから、川手君にも負荷試験を施すよ」

「川手がショック死しなかった場合は、彼をただちに解雇してください。川手の暴走を許してしまった阿相内科部長の年俸も向こう二年間、四十パーセント削《けず》ってほしいな」

「わかった、その通りにしましょう」

「事務長の福田は一昨日の晩、野口芽衣さんを二子新地の割烹旅館に連れ込んで、彼女を犯そうとした。野口さんが婚約者の小室さんから内部告発について何か聞いてると考え、事務長は彼女に都合の悪い証言をさせないようにしたかったにちがいない」

「福田は辞めさせる」

「それだけでは足りない。院長自身の手で、福田のシンボルを切断してください」

「何もそこまでやらなくてもいいじゃないか」

「すべての条件を呑めないなら、話はなかったことにしましょう」

「くそっ、わたしの負けだ。そちらの要求は全面的に受け入れるよ」

「それじゃ、こっちの言ったことを二週間以内に遂行《すいこう》してください。その旨《むね》をこれから誓約書に認《したた》めてもらう」

「怖《こわ》い男だね、おたくは」

手塚が深々としたソファから立ち上がり、両袖机に向かった。

最上はICレコーダーを上着の右ポケットに入れ、手塚に目を向けた。院長は机の上に事務用箋を拡《ひろ》げ、万年筆を走らせている。苦虫を嚙み潰《つぶ》したような表情だった。

口止め料を要求したら、こちらも弱みを握られることになる。どんな方法で銭をぶったくればいいのか。最上は考えはじめた。しかし、妙案は閃《ひらめ》かなかった。

数分後、手塚が戻ってきた。

「これでいいかね？」

「拝見しよう」

最上は、差し出された誓約書を受け取った。

手塚は、ふたたびコーヒーテーブルに向かった。最上は誓約書に目を通した。必要な事項は洩れなく認められている。手塚の署名の上には、実印も捺《お》してあった。

「これで結構だ。約束を反故《ほご》にしたら、地検が動くことになるぞ」

「わかってる。検事さん、さっきの音声データを譲ってくださいよ」

「院長が約束を果たしたら、いつか音声データは渡してやる」

最上は折り畳んだ誓約書を懐にしまい、すっくと立ち上がった。すると、手塚が慌《あわ》てて駆け寄ってきた。院長は意味ありげに笑って、最上の上着の左ポケットに何か紙片を突っ込んだ。

「何を入れたんだ？」

「わたしの名刺ですよ」

「そうか。それじゃ、これで失礼する」

最上は手塚に言い、院長室を出た。

長い廊下を進み、エレベーターに乗り込む。自分のほかは誰もいなかった。

最上は上着の左ポケットから紙切れを抓《つま》み出した。

額面一億円の預金小切手だった。振出人の欄には手塚の個人名が記され、実印も捺《お》されている。

とうとう犯罪者になってしまった。これも宿命なのだろう。他人から受けた恩を忘れてはいけない。それが人の道だろう。

最上は自分に言い聞かせ、預金小切手をポケットに戻した。

預金小切手は各銀行の本・支店長が支払いの義務を課せられたもので、いつでも換金可能だ。しかも、誰が小切手を金融機関に持ち込んでも支払いを拒まれることはない。

エレベーターの函《ケージ》が一階に着いた。

最上は外来用駐車場に走り、自分のスカイラインに乗り込んだ。小室は、別の何を探っていたのだろうか。それを突きとめれば、新たな悪事が透けてきそうだ。

小室の実家に行ってみることにした。

最上はスカイラインを発進させた。あと数分で、午後四時になる。残照は弱々しかった。

上用賀にある小室の実家に着いたのは、四時三十五分ごろだった。いつしか夕闇が濃くなっていた。

最上は車を小室邸の生垣の横に停めた。すぐに運転席から出て、門柱のインターフォンのスイッチを押す。

ややあって、スピーカーから年配の女性の声が流れてきた。最上は素姓を明かしてから、相手に問いかけた。

「失礼ですが、亡くなられた大輔さんのお母さまでしょうか？」

「はい、さようでございます。幸子《さちこ》と申します。大輔とは、どのようなおつき合いをされていたのでしょう？」

小室の母が訊いた。最上は経緯《いきさつ》をかいつまんで話し、うかがいたいことがあると言い添えた。

「どうぞお入りになってください」

相手の声が途切れた。

最上は門を潜《くぐ》り、ポーチに進んだ。ポーチの石段を上がりきったとき、重厚な玄関ドアが開けられた。現われたのは、五十八、九歳の上品そうな顔立ちの女性だった。目許《めもと》のあたりが殺された小室によく似ている。

「大輔の母親でございます」

「東京地検刑事部の最上です。突然、お邪魔しまして申し訳ありません」

「いいえ、お気になさらないでください。どうぞ中にお入りになって」

「失礼します」

最上は広い玄関に入った。靴を脱ぎながら、彼は言った。

「まず御霊前にお線香を上げさせてください」

「ありがとうございます。それでは、仏間にご案内いたします」

小室の母が先に歩きだした。最上は幸子に従った。

通されたのは十畳の和室だった。仏壇の前には白布の掛かった祭壇がしつらえられ、遺影、骨箱、供物《くもつ》などが載っていた。

最上は故人に線香を捧げ、両手を合わせた。合掌《がっしょう》を解いたとき、幸子が確かめるような口調で話しかけてきた。

「最上さんは息子とは面識がなかったのですね？」

「はい。大輔さんの杉並のマンションを訪ねたときは、すでに息子さんは亡くなられていましたので」

「そうですか。それで、大輔が書いたという内部告発の手紙はお持ちなのでしょうか？」

「ええ」

最上は上着の内ポケットから小室の告発状を取り出し、幸子に手渡した。幸子はすぐに息子の手紙を読み、目を潤《うる》ませた。

「その告発状に書かれていることは間違いありませんでした。少し前に博愛会総合病院の手塚院長に会ってきたんですが、川手医師が人体実験めいた過剰な検査をした事実を認めました。そして、病院側は入院中に急死した神宮幹雄さんの遺族にできるだけの損害賠償をすると明言しています」

「人体実験なら、殺人罪が適用されるのではありませんか？」

「そのあたりの立件がなかなか難しいんですよ。証拠保全している物が何もありませんのでね」

「それでは、大輔の内部告発は無意味だったのね」

「いいえ、そんなことはありません。立件は困難ですが、病院側は非を認めて遺族にできるだけの償《つぐな》いをしたいと詫《わ》びましたので」

「ええ、そう解釈すればね」

「息子さんの勇気ある内部告発で、亡くなられた神宮さんも少しは救われたでしょう」

「そう考えることにします」

「実は、病院関係者が内部告発した息子さんを殺害したのではないかと疑っていたのですが、どうもそうではないようでした」

「そうなんですか。それでは、いったい誰が大輔を殺害したのでしょう？」

「捜査当局から何か連絡は？」

「捜査本部の刑事さんたちが告別式に来てくださったのですが、まだ有力な手がかりは摑んでいないというお話でした」

「もどかしいでしょうね」

「ええ、それはとっても」

「こちらの担当事件ではありませんが、個人的に少し調べてみるつもりです。大輔さんが病院以外のことで、何かを調べてた様子はありませんでしたか？」

最上は訊いた。

「それは、わかりません。息子とは別々に暮らしていましたので。ただ最後にこの家に来たとき、大輔はかなり酔っ払っていて、何かおかしなことを口走りました」

「おかしなこと？」

「はい。世の中、偽善者だらけだなんて幾度も……」

「偽善者とは、誰たちのことを指していたんでしょう？」

「さあ、見当もつきません。わたしは息子の話に適当な相槌を打って、早々に寝かせてしまったものですから」

「そうなんですか。何か手がかりになりそうな繰《く》り言《ごと》のような気がするんですがね。それはそうと、息子さんのマンションはまだ引き払ってませんよね？」

「はい。犯人が捕まるまでは、部屋はそのままにしておくつもりです」

「捜査本部の者から、証拠保全のために息子さんの部屋にある物には触れないでほしいと言われました?」

「いいえ、そういうことは特に言われませんでした」

幸子が答えた。

「息子さんの部屋の合鍵は、こちらに?」

「はい、あります」

「半日か一日、合鍵をお借りできないでしょうか?」

最上は打診した。

隠し持っている万能鍵で、『杉並スカイコーポ』の五〇三号室には無断で忍び込める。しかし、入室する姿を誰かに見られたら、捜査の手が自分に伸びてくるかもしれない。それを懸念《けねん》して、わざわざ故人の母親に合鍵を借り受ける気になったのだ。

「検事さんは息子の部屋に何か手がかりになる物があるかもしれないとお考えなんですね?」

「ええ、その通りです。ご迷惑でしょうか?」

「いいえ、そんなことはありません。いま、合鍵を取ってまいります」

幸子が立ち上がり、静かに部屋を出ていった。

五〇三号室で何か見つけさせてくれないか。最上は小室の遺影に目を向け、心の中で語りかけた。

2

小室邸を出たときだった。

最上は出会い頭に若い女性とぶつかりそうになった。なんと相手は芽衣だった。

「ごめんなさい。わたし、考えごとをしながら、ぼんやりと歩いてたものだから」

「若い女性とぶつかるなら、大歓迎ですよ。冗談はともかく、ちょうど野口さんに電話をしようと思ってたとこなんです」

最上は前夜、福田を締め上げたことを明かし、少し前に手塚院長に会ったことも話した。もちろん、一億円の預金小切手を受け取ったことは黙っていた。

「川手ドクターがやった人体実験を刑事事件として立件するのは、どうしても無理なんでしょうか？　神宮さんのご遺族は三億円の損害賠償金を貰っても、気持ちがすっきりしないと思うんですよ」

芽衣が不服そうに言った。

「だろうね」

「大輔さんにしても、あの世でなんのための内部告発だったのかと嘆いてると思うんです。院長は約束通りに川手ドクターと福田事務長を解雇して、阿相内科部長の減給もするでしょう。でも、その程度のことでは……」

「あなたの気持ちは、よくわかるよ。しかし、立件できるだけの証拠がないんだ。癪《しゃく》だが、連中に刑事罰を与えることは難しい。結局、示談という形しかないんですよ」

「なんだか釈然としませんね。けど、検事のあなたがそう判断されたのなら、仕方がないですね。ところで、事務長や院長の話を真《ま》に受けてもいいのでしょうか？」

「自分も病院側が殺し屋に小室さんを始末させたのではないかと疑ってきたんだが、福田や手塚が芝居をうってるようには見えなかった。おそらく小室さんは、内部告発の件でフリージャーナリストの石坂敬明以外の人間に相談したんじゃないだろうか。その相談相手は頼りになるどころか、なかなかの喰わせ者だったのかもしれないな」

「喰わせ者だったというのは、どういうことなんでしょう？」

「これは単なる想像なんだが、その相談相手は小室さんから人体実験の話を聞いて、個人的に博愛会総合病院に揺さぶりをかけようとしたんじゃないだろうか」

最上は言った。

「具体的に言うと、その人物は病院からお金を脅し取ろうとした？」

「ああ、おそらくね。それで、小室さんは相談相手に見切りをつけて東京地検に内部告発の手紙を送ってきたと思われます」

「そうだったとしたら、その相談相手が自分の悪事の発覚を恐れて、大輔さんを殺害した可能性も……」

「あると思う。そんなわけで、小室さんの母親に会いに来たんだよ。これといった手がかりは得られなかったんだが、おふくろさんの話によると、最後に実家に顔を出した小室さんは酔っ払って、世の中、偽善者ばかりだと何度も口にしてたらしいんだ。その言葉に、何か思い当たる？」

「いいえ」

芽衣が少し考えてから、はっきりと言った。

「言葉のニュアンスから察すると、小室さんは複数の人間の素顔を垣間見《かいま》て、ひどく失望したって感じなんだ」

「ええ、そうですね」

「生前の小室さんは、どんなタイプの人間に尊敬の念や共感を抱いてたんだろう？」

「大輔さんは、エゴイストだらけの世の中で凛然《りんぜん》と生きてる人たちが好きでした。それも芸術家のように自分の世界に閉じ籠《こも》ってるタイプではなく、他人のために汗をかくような人たちをリスペクトしてましたね」

「他人のために汗をかくような人たちというと、保護司、社会福祉家、消費者団体のリーダー、市民運動家、ボランティア団体の代表、慰問演芸家、それに人権派の弁護士なんてところかな」

「ええ、そうですね」

「小室さんは、そういう人たちと個人的につき合ってたんだろうか」

「特に個人的なつき合いはなかったと思います」

「そう。これから、杉並のマンションに行ってみようと思ってるんだ。さっき小室さんの母親から、部屋の合鍵を借りたんだよ。ひょっとしたら、何か手がかりが見つかるかもしれないからね」

「わたしも、ご一緒しましょうか？」

「あなたは小室さんの母親の話し相手になってやってくれないか。ショックから立ち直るには、まだだいぶ時間がかかるだろう」

「そのつもりで来たのですけど、大輔さんを殺した犯人も早く捕まえてほしい気持ちなんです」

「気持ちはわかるが、小室さんの母親のそばにいてあげてほしいな。そのほうがいいでしょう」

「わかりました。わたし、そうします」

芽衣が一礼し、小室邸の中に入っていった。

最上はスカイラインに駆け寄った。すぐに杉並区和田に向かう。

目的の『杉並スカイコーポ』に着いたのは六時近い時刻だった。

最上は借りた合鍵を使って、五〇三号室に入った。間取りは1LDKだった。捜査員たちが室内を掻き回したはずだが、それほど散らかってはいなかった。

最上は布手袋を嵌《は》めると、奥の部屋に入った。

八畳の洋室だった。窓側にベッドが置かれ、壁際には机、書棚、ミニコンポ、大型テレビが並んでいる。クローゼットは造り付けだった。

最上は机の引き出しをすべて開け、底まで覗いてみた。しかし、何も手がかりは得られなかった。

次に書棚の本を引き抜き、奥までチェックしてみた。やはり、結果は虚《むな》しかった。

最上はクローゼットの中を隅々《すみずみ》まで検《しら》べ、衣服のポケットにも手を突っ込んでみた。

しかし、スマートフォンに登録されていない人物との交友をうかがわせるものの類《たぐい》はどこにもない。以前、名刺と手帳は見つけていた。寝具をはぐり、ベッドマットまで剝《は》がしてみた。だが、徒労に終わった。

最上は肩を落とし、ダイニングキッチンに移った。

二人用のコンパクトなダイニングテーブルの下まで覗いて、食器棚や冷蔵庫の中も検《あらた》めてみた。だが、無駄骨を折っただけだった。

トイレや浴室もチェックしてみた。しかし、何も見つからなかった。

最上はダイニングテーブル用の椅子に腰かけ、また長く息を吐いた。

そのとき、近くの観葉植物の鉢が目に留まった。ベンジャミンの葉は、うっすらと埃を被《かぶ》っている。

最上は立ち上がって、鉢の中を見た。一カ所だけ腐葉土《ふようど》が高く盛り上がっている。どうも不自然だった。

掘り起こしてみると、アルミホイルに包まれた小さな箱のような物が出てきた。アルミホイルを剝がす。中身は、古い留守録音用のマイクロテープカセットだった。

固定電話は寝室にある。最上はベッドのある部屋に走り入り、電話機のテープボックスを開けた。テープカセットは入っていなかった。

最上は持っているカセットをセットし、録音テープを巻き戻した。ベッドに浅く腰かけ、マイクロテープを再生してみる。

――はい、小室です。

――石坂です。あなたがわたしに話してくれた人体実験のことは事実のようですね。きょう、川手ドクターに会ってきました。ぎくっとしたようでしたよ。それから、黒沢という看護師も明らかに狼狽《ろうばい》してたな。

――そうですか。それで、ペンで告発していただけるのでしょうか？

――もう少し裏付けを取ったら、『近現代公論』に五、六十枚の告発原稿を書くつもりです。人体実験などとんでもないことですからね。非人道的ですよ。

――ですね。よろしくお願いします。

――あなたのコメントは、実名でかまわないんですね？

――もちろんです。ぼくが内部告発者だということを書いてもらっても結構です。

――博愛会総合病院を敵に回すことになりますが、いいんですよね？

――その覚悟はできています。

――心強いな。わたしもペンで徹底的に闘うつもりです。ただ、フリーですので、何かと立場が弱いんですよ。病院側がこちらの告発の動きを察知したら、有力者に泣きついて雑誌社に圧力をかけるかもしれません。そうなったら、最悪の場合はわたしの原稿は没にされてしまうでしょう。

——もし外部から圧力がかかるようでしたら、別の総合誌に記事を載せてもらえばいいんじゃないですか。石坂さんは大手出版社五、六社で仕事をされていますでしょう？

——ええ。しかし、大手出版社といえども、有力者や広告スポンサー側からの圧力は無視できません。そこが商業雑誌の弱点なんですよ。

——困ったな。

——そこでご相談なんですが、たとえば著名な市民運動家に助っ人になってもらって、まず派手に告発キャンペーンを張ってもらうなんて手はどうですかね。そうなれば、わたしの原稿が握り潰されることはないでしょう。

——そういう市民運動家とつき合いがあるんですか？

——ええ、あります。市民運動家の事務所に小室さんをお連れしますので、医療事故や悪質な人体実験のことを直《じか》に詳しく話してもらえます？

——その方のお名前は？

——あなたがびっくりするような大物ですよ。先方のスケジュールを問い合わせてみますので、ぜひ一緒に行きましょうよ。正義感の塊《かたまり》のような方です。きっとわれわれの力になってくれるはずです。

――わかりました。その市民運動家に会ってみましょう。

――そうですか。それじゃ、さっそく連絡をとってみます。

音声が熄《や》んだ。

最上はふたたび再生ボタンを押した。すると、また石坂と小室の会話が流れてきた。

――石坂さん、例の人物はいっこうに動き出そうとしてくれないじゃないですかっ。

――あなたは、せっかちだなあ。充分な裏付けを取ってからじゃなければ、告発に踏み切れないでしょうが。下手をしたら、病院側が訴訟を起こすかもしれませんのでね。もう少し待ってくださいよ。

――人を疑うようなことは言いたくありませんが、市民運動家は本気で人体実験を告発する気があるんでしょうか？

――なんか含みのある言い方だな。小室さん、はっきりおっしゃってください。

――それじゃ、言わせてもらいます。いくら病院関係者に当たっても、ぼくが提供した情報以上のものは入手できませんよ。告発に踏み切ろうとしないのは、市民運動家に何か別の思惑《おもわく》があるからなんじゃないんですか？

——思惑？

——ええ、そうです。たとえば、病院の弱みをちらつかせて市民運動へのカンパを手塚院長に要求するとか……。

——あなたがそんなふうに考えているんだったら、われわれはもう手を引きます。義憤から協力する気になったんだ。妙な疑いを持たれるんだったら、もうつき合いきれません。市民運動家に迷惑をかけたくないんで、彼にも手を引いてもらいます。

——石坂さん、待ってください。つい感情的になってしまって、すみませんでした。謝ります。どうか赦《ゆる》してください。

——いや、赦せないね。もう二度と電話しないでくれ。

石坂が乱暴に通話を終わらせた。

最上は、録音音声を早送りした。しかし、何も録音されていなかった。マイクロテープを巻き戻し、カセットを抜く。

石坂は、自分には人体実験が行われたという裏付けは取れなかったと言っていた。なぜ、市民運動家と共闘して告発キャンペーンを張る気だったことを黙っていたのだろうか。

最上は考えはじめた。

石坂は市民運動家とつるんで、博愛会総合病院を脅す気だったのか。もしかすると、すでに恐喝まがいのことをしたのかもしれない。

小室は、そのことを知ってしまった。そのため、口を封じられたのではないだろうか。そう推測することはできる。しかし、それだけでは石坂が小室を殺した犯人とは断定できない。

最上はマッチ箱ほどの大きさのカセットを上着のポケットに入れ、玄関に足を向けた。

ドアをロックし、布手袋を外す。最上はエレベーターで一階に降りた。函《ケージ》の扉が左右に割れると、ホールに綿引刑事が立っていた。

「これはこれは。検事殿とこんな所でお会いするとは夢にも思ってませんでしたよ」

「こっちも、びっくりです」

最上は応じながら、エレベーターホールに降りた。

「検事殿、このマンションにお知り合いでも？」

「ええ、そうなんですよ。学生時代の友人が住んでるんです。近くまで来たついでに友人の部屋を訪ねたんですが、あいにく留守でした」

「そうですか」

「池袋の本部事件の犯人は綿引《ワタ》さんが逮捕《パク》ったんでしょ？　菅沼君から聞きました。さすがは捜一の敏腕刑事ですね」

「まぐれですよ、ただの」

「謙遜《けんそん》するとこが奥ゆかしいな」

「検事殿、茶化ないでください」

「からかってなんていません。とんでもない。ほんとにそう思ってるんです。それはそうと、綿引《ワタ》さんがどうしてここに？」

「博愛会総合病院の若い内科医が三、四日前に殺害された事件《ヤマ》、ご存じですよね？」

綿引が例によって、上目遣《うわめづか》いに最上の顔を見た。

「ええ、知ってることは知ってます。それが何か関係があるんですか？」

「被害者《マルガイ》はこのマンションの五階の自宅で絞殺されたんです」

「そうでしたっけ。殺されたのが若い女性なら、興味があるんだが……」

「正直な方だ、最上検事殿は」

「なんだか当て擦《こす》りのように聞こえるな。綿引《ワタ》さんが犯行現場に顔を出したってことは、杉並署の捜査本部《チヨウバ》の助っ人要員として駆り出されたんでしょ？」

「そういうことです。臨場《りんじよう》ぐらいしておかないと、恰好《かつこう》がつきませんからね。もちろん、スタンドプレイをする気なんかありません」

「とかいって、助っ人要員がお手柄を立てたりしてね」

「そんなことにはなりませんよ」

「それでは、職務に励んでください」

最上はおどけて敬礼し、マンションを出た。

努めて平静に綿引と言葉を交わしたつもりだが、内心の狼狽を看破《かんぱ》されたのではないか。綿引は勘が鋭い。そう思うと、一層、落ち着かなくなった。

少し慎重に動くべきだろう。

最上はスカイラインに急いだ。

運転席に乗り込みかけたとき、背後から細い縄を首に巻きつけられた。喉仏のあたりだった。最上は細縄の下に左手の指を二本潜《くぐ》らせ、右の肘《ひじ》を振った。肘打ちは暴漢の脇腹に当たった。

後ろの男は短く呻いたが、体勢は崩さなかった。

すぐに両腕に力を込め、縄で最上の首を絞めつけてくる。苦しくて息ができない。気が遠くなりそうだ。足腰にも力が入らない。最上は不様《ぶざま》にも尻餅《しりもち》をついてしまった。背後の男が片膝を落とし、さらに首を絞めてくる。

最上はわざと後ろに倒れ、相手の顎を蹴り上げた。口髭を生やした三十二、三歳の男が引っくり返った。

最上は縄を緩《ゆる》め、首から外した。すぐに縄が手繰《たぐ》られた。最上は跳《は》ね起きた。

男も敏捷《びんしょう》に身を起こした。その右手に筒状の棍棒《こんぼう》のような物が握られている。握りの部分には、凹凸《おうとつ》があった。二十センチ前後の長さだ。

ストライク・スリーと呼ばれている白兵戦用武器にちがいない。筒の中には細身の両刃の剣、首絞め用縄《ギャロット》が収まり、先端の鉄球が蓋《ふた》になっていた。本体は棍棒として使える。

「誰に頼まれたんだっ」

最上は声を荒《あら》らげた。

口髭の男は薄く笑い、鉄球付きのギャロットを短く持った。すぐに鉄球を肩口のあたりで回しはじめた。間合いは二メートルそこそこだ。鉄球をまともに顔面に叩きつけられたら、大怪我をするだろう。

最上は少しずつ後退しはじめた。

逆に男は前進してくる。最上は半歩前に出て、素早く一歩退《さ》がった。誘いだった。

案の定《じょう》、ギャロットに括《くく》りつけられた鉄球が飛んできた。風切り音は高かった。

最上は横に跳《と》んだ。

鉄球が路面を叩いた。最上のすぐ際《きわ》だった。

アスファルトで固められた砂利が幾つか飛び散った。最上は地を強く蹴った。助走をつけて、高く跳躍する。

最上は宙で両脚を屈伸させ、相手の胸と顔面を蹴った。連続蹴りは、きれいに決まった。

口髭を生やした暴力団員ふうの男は朽木《くちき》のように倒れた。

だが、すぐ起き上がった。男はストライク・スリーの本体を傾け、両刃の剣を取り出した。

手裏剣《しゅりけん》ほどの長さだった。

男は細身のナイフを右手に持ち替えるなり、手裏剣のように投げつけてきた。

最上は、とっさに身を屈めた。投げ放たれた両刃の剣は、頭上を掠《かす》めて後方に消えた。

口髭の男が不意に身を翻《ひるがえ》した。最上は追った。男の逃げ足は速かった。路地に走り入り、そのまま闇に紛《まぎ》れた。

最上は舌打ちして、自分の車に駆け戻った。

スカイラインの近くにスマートフォンが転がっている。逃げた男が落としたのだろう。

最上はスマートフォンを拾い上げ、リダイヤルキーをタップした。すると、聞き覚えのある男の声が流れてきた。フリージャーナリストの石坂の声だった。

「検事を少し痛めつけてくれたかな？」

「…………」

最上は何も言わなかった。

「おい、なんで黙ってるんだ⁉」

「石坂だなっ」

「あっ、その声は……」

石坂が焦《あせ》り、慌てて電話を切った。そういうことだったのか。

最上はスマートフォンを投げ捨て、慌《あわ》ただしくスカイラインの運転席に入った。

3

ついに夜が明けてしまった。

最上は浮いた脂《あぶら》をハンカチで拭《ぬぐ》った。スカイラインの中だ。

車は、石坂の自宅マンションの近くの路上に停めてあった。

昨夜、マンションを訪ねたとき、石坂は部屋にいなかった。最上は徹夜で張り込んでみたのだが、とうとうフリージャーナリストは帰宅しなかった。

石坂は警戒して、当分の間、どこかに身を隠す気なのか。ここで張り込みをつづけても、時間を無駄にするだけかもしれない。いったん引き揚げたほうがよさそうだ。

最上はスカイラインを走らせはじめた。

青梅街道に向かって間もなく、後ろから一台の大型バイクが追ってきた。ライダーは黒いフルフェイスのヘルメットを被っていた。体つきから察して、三十歳前後の男だろう。

敵の一味なのか。

最上は少し緊張し、ミラーをちょくちょく仰いだ。ヤマハの単車は一定の距離を保ちながら、執拗《しつよう》に追尾してくる。その気になればスカイラインをたやすく追い抜けるはずだが、いっこうに加速しようとしない。

刺客《しかく》なのか。

最上は青梅街道に出ると、新宿方面に向かった。

怪しいバイクは追ってくる。最上は直進し、そのまま靖国通りをたどった。JR市ケ谷《いちがや》駅の脇から神保町《じんぼうちょう》に抜ける通りに入る。バイクは依然として尾行をやめようとしない。

やがて、右手に北《きた》の丸《まる》公園が見えてきた。

最上は田安門《たやすもん》の近くにスカイラインを駐《と》め、北の丸公園の中に入った。まだ午前六時を回ったばかりだ。園内に人の姿は見当たらない。

最上は遊歩道を五、六十メートル走り、繁みの陰に隠れた。少し待つと、黒いヘルメットを被った男が駆けてきた。

最上は男が近づいてくると、灌木《かんぼく》の陰から躍り出た。

「何か用か?」

「…………」

「石坂に頼まれたようだなっ」

「死んでもらうぜ」

男が低い声で言い、腰の後ろから消音器を嚙ませた自動拳銃を引き抜いた。グロック19だった。オーストリアの高性能拳銃だ。

最上は体が竦《すく》みそうになった。だが、下手に逃げたりしたら、かえって危険だ。

男がスライドを引いた。初弾を薬室《チャンバー》に送り込んだのだ。

グロック19の弾倉《マガジン》には九ミリ弾が十五発しか入らない。予《あらかじ》め初弾を薬室に送り込んでおけば、フル装弾数は十六発だ。

男が自動拳銃を構えながら、ゆっくりと近づいてくる。拳銃の扱いには、だいぶ馴《な》れているようだ。射撃の名手は別にして、十メートル以上離れた標的を射止めるのはたやすくない。二十メートルも離れていたら、まず当たらないものだ。

できるだけターゲットに近寄ってから、引き金《トリガー》を絞る。それが殺し屋《プロ》の鉄則だった。

敵は殺し屋《プロ》と思われる。

最上は身構えながら、ポケットから簡易ライターを抓《つま》み出した。すぐにライターを遠くに投げ放つ。

男の視線が揺れた。

その隙《すき》に、最上は斜め後ろの巨木の陰に逃げ込んだ。一拍置いて、九ミリ弾が疾駆《しっく》してきた。太い樫《かし》の樹皮の欠片《かけら》が弾《はじ》け飛んだ。

発射音は小さかった。空気の洩れるような音がしただけだった。

二弾目が放たれた。

衝撃波が最上の左耳を撲《う》つ。一瞬、聴覚を失った。銃弾は数メートル後ろの樹木の幹《みき》に埋まった。ずっと同じ場所にいたら、いまに撃たれることになるだろう。

最上は横に走りはじめた。

すかさず三弾目が飛んできた。九ミリ弾は、最上の足許に着弾した。羊歯《しだ》の葉と土塊《つちくれ》が舞い上がった。

最上は横に逃げた。すぐに四弾目を見舞われる。被弾はしなかったが、最上はわざと悲鳴をあげた。枯草の上に俯《うつぶ》せに倒れ込み、いかにも苦しげに唸《うな》った。

ヘルメットで顔面を隠した男が駆け寄ってきた。最上は唸りながら、相手を盗み見た。

グロック19の銃口は下に向けられている。相手は立ち止まるなり、とどめを刺す気にちがいない。

最上はパニックに陥りそうになった。反撃に失敗したら、確実に頭を撃ち抜かれるだろう。

ここで死ぬことになるのか。

脳裡に恋人の玲奈の顔が浮かんで消えた。亡き母や深見二代目組長のありし日の姿も瞼《まぶた》の裏ににじんだ。

男が立ち止まった。

眼前だった。最上は両腕で相手の下半身を掬《すく》った。男が尻から地べたに落ちた。弾みで、暴発した。一発だ。銃弾は頭上に張り出した枝を撃ち砕いた。

最上は男にのしかかり、消音器付きの自動拳銃を奪い取った。サイレンサーの先端を相手の心臓部に押し当てた。

「ヘルメットを取れ！」

「…………」

「逆《さか》らうと、まず腹に九ミリ弾を撃ち込むぞ。その次は太腿だ」

「わかったよ」

男がフルフェイスのヘルメットを脱いだ。口髭の男だった。

「また、おまえか。依頼人は石坂だなっ」

「さあな」

「おれを甘く見ないほうがいいぞ」

最上は銃把《グリップ》の角で、相手の眉間を強打した。

男が歯を剝《む》いて、長く唸った。唸りながら、手脚を縮める。

「次は眼球をぶっ叩く。水晶体は確実に破裂するだろう」

「堅気《ネス》が粋《いき》がるんじゃねえ」

「どこの組員だ？」

「忘れちまったよ」

「そうかい」

最上は片手で男の顎の関節を外した。

男は両手で頰のあたりを押さえ、転げ回りはじめた。開きっぱなしの口から、涎《よだれ》が垂れている。不様だった。

最上は男から離れ、数分待った。それから外れた顎の関節を元に戻す。

「もう一度、訊く。石坂に頼まれたんだなっ」

「おれは何も喋らねえぞ」

「死んでもいいのかっ」

「現職の検事がおれを殺《や》るってのかい？　上等じゃねえか。さっさと撃《ハジ》けよ」

男が開き直った。

口を割らせるには少し時間がかかりそうだ。根津の組事務所に監禁して、じっくり痛めつけることにした。

最上は拳銃で威嚇《いかく》しながら、口髭の男を立たせた。利き腕を捻《ねじ》上げ、サイレンサーの先を腰に突きつける。そのまま、車を駐めた場所まで歩かせた。

「おれをどうする気なんでえ？」

「ここに入ってもらおう」

「トランクの中に入れだと⁉」

男が息巻いた。

「ああ。おれの車ごと海の底に沈めてやる」

「ふざけやがって」

「少しの間、おとなしくしてろ」

最上は、男の首筋を銃把《グリップ》で打ち据えた。

男が膝から崩れた。最上はグロック19をベルトの下に差し入れ、口髭の男をトランクルームの中に押し込んだ。

ふたたび顎の関節を外し、素早くトランクリッドを閉める。誰かに見られた気配はうかがえない。

最上はスカイラインの運転席に入ると、湯島にある亀岡の自宅に電話をかけた。受話器を取ったのは当の本人だった。

「亀さん、おれです」

「若、こんな早くにどうしたんですか？」

「組事務所で、やくざ者を二、三日預かってもらいたいんですよ」

「その男を組に入れるおつもりなんですね？」

「いや、そうじゃないんです。そいつがこっちの命を狙ったんで、しばらく監禁してくれませんか」

「どこの組の鉄砲玉なんでしょう？」

「おれ個人が狙われたんですよ。縄張り争いとは無関係でしょうね。これからそちらに行きます。亀さん、待機しててくれますか」

「わかりました。すぐ根津の組事務所に向かいます」

「よろしく！」

最上は電話を切ると、急いで車を発進させた。

二十分そこそこで、深見組の拠点に着いた。玄関前に亀岡と舎弟頭の橋爪武人《はしづめたけと》が立っていた。

橋爪は三十九歳で、壺振りを任されている男だ。大柄だが、気は優しい。

最上は亀岡と橋爪に経過を話し、トランクルームから口髭の男を引きずり出した。

男は口を開けたまま顔を歪めていた。顎の先まで涎だらけだった。

橋爪が男を引っ立て、奥の納戸《なんど》に押し入れた。

かつては蒲団部屋として使われていた板の間で、十二畳の広さだった。最上は亀岡とともに納戸に入り、口髭の男の顎の関節を元に戻した。すぐに足払いを掛け、男を横転させる。

最上は手早く男のポケットを探った。

一万円札の束のほかには、何も所持していなかった。ストライク・スリーも持っていない。

「おい」

亀岡が舎弟頭に目配せした。橋爪が男の両手を麻縄で後ろ手に縛り、床に正坐させた。

「おれをどうする気なんでえ！」

口髭の男が吼《ほ》えた。亀岡が男の前に立った。

「渡世人だな。足《ゲソ》をつけてる組は？」

「てめえら、博奕打ちだな」

「ちゃんと答えろっ」

「おれは何も喋らねえ」

男が口をきつく結んだ。亀岡が男の鳩尾《みぞおち》に鋭い蹴りを入れる。男が前屈《まえかが》みになった。肩口で体を支える形になった。

亀岡が男から離れた。

橋爪が心得顔で前に出た。いつの間にか、舎弟頭の右手には竹刀《しない》が握られていた。使い込まれた竹刀は、人間の脂《あぶら》でてらてらと光っている。

「ちょっとかわいがってやらあ」

橋爪がうそぶいて、男の肩や背中を竹刀で叩きはじめた。

男は撲《う》たれるたびに、口の中で呻いた。しかし、口を割ろうとはしない。

「しぶとい野郎だ」

亀岡が呆《あき》れ顔で言い、男の頭に風呂敷をすっぽりと被せた。代貸は匕首《あいくち》を取り出し、白鞘《しらさや》を払った。

短刀《ドス》の先で男の体をつつく気らしい。

最上は、そう直感した。人間は急に視覚を奪われると、不安や恐怖を覚える。目を見えなくするのは、拷問《ごうもん》の初歩的なテクニックだ。

思った通り、亀岡が口髭の男の背や腰を匕首の切っ先で軽く突きはじめた。

突かれるたびに、殺し屋と思われる男は身を捩《よじ》らせた。だが、男は依頼人の名を明かそうとはしなかった。

「少し休ませてやろう。橋爪さん、見張っててもらえますか」

最上は舎弟頭に言い、亀岡に目配せした。

亀岡が無言でうなずく。最上は納戸を出ると、亀岡を仏間に導いた。

二人は坐卓を挟んで向かい合った。最上は上着の内ポケットから、額面一億円の預金小切手を取り出した。

「亀さん、これで組のみんなの面倒を見てやってください」

「一億円の小切手じゃねえですか！　若、その小切手はどっから？」

「心配しないでください。この小切手を換金しても、後ろに手が回るようなことにはなりません。振出人の弱みは押さえてありますんで」

「若、やっぱり非合法な手段で一億円の小切手を手に入れたんですね」

「ええ、手段は非合法でした。しかし、相手が警察に駆け込むようなことはないでしょう。そんなことしたら、振出人は破滅ですから」

「若、いけません。現職検事が強請《ゆすり》をやっちゃ、いけませんや」

「別に善良な市民を脅したわけじゃない。相手は、救いようのない悪人なんですよ。それに、こっちは無心するようなことは一言も言わなかった。相手が進んで一億円の小切手を差し出したんですよ」

「しかし、若……」

亀岡は嘆かわしげに呟いた。

「まだ正式に三代目を継いだわけじゃありませんが、おれはいずれ深見組を預かるつもりです。組の台所を護《まも》るのは、こっちの役目です。ただ、本名で三代目になるわけにはいきません。偽名で隠れ組長になろうと思ってるんですよ」

「若がリスクの高いことをしてはいけません。組の遣り繰り《シノギ》は代貸の自分が組長代行として何とかします」

「亀さんを傷つける気はありませんが、どうあがいたって、早晩、二進《にっち》も三進《さっち》もいかなくなると思います」

「ネットカジノを開いて、若いお客さんも取り込もうと思ってんでさあ。それで儲けて、不動産業やリース会社も興《おこ》そうと考えてます」

「素人商法で簡単に儲けられるとは思えません。亀さん、自信があります？」

「そうおっしゃられると、黙り込むしかありません」

「だから、この一億円を遣《つか》ってほしいんですよ。亀さん、どうか受け取ってください。この通りです」

最上は坐卓に両手を掛け、深く頭を下げた。

「わかりました。若がそこまでおっしゃるなら、小切手は自分が預からせてもらいます」

「よかった。やっと受け取ってもらえたか」

「その代わりと言っちゃ何ですが、自分には一億円を手に入れるまでの経緯《いきさつ》を話してください。お願いします」

今度は亀岡が頭《こうべ》を垂れた。

最上は少し迷ってから、これまでの経過をつぶさに語った。

「それじゃ、納戸にいる野郎は石坂ってフリージャーナリストに頼まれて、若を消そうとしやがったんですね？」

「ああ、おそらく。ひと休みしたら、また石坂のマンションに行ってみますよ。きょうは欠勤します」

「若、本業を疎《おろそ》かにしちゃいけません」

「わかっています。しかし、きのうは一睡もしてないんですよ。二、三時間眠りたいんです」

「それじゃ、健に蒲団を敷かせましょう。若がお寝《やす》みになってる間に、納戸にいる野郎の口を割らせますよ。こいつは、いただいときます」

亀岡が小切手を押し戴き、仏間から出ていった。

最上は畳の上に仰向けに引っくり返った。

五分ほど過ぎると、健が寝床の用意ができたと告げに来た。最上は別室に移り、すぐに夜具の中に潜《もぐ》り込んだ。わずか数分で眠りに落ちた。

めざめたのは正午過ぎだった。最上は顔を洗い、ダイニングキッチンを覗いた。

料理上手な健がキャベツを刻んでいた。庖丁はリズミカルな音をたてている。

「いい匂いがするな」

「カツと海老フライをこしらえたんですよ。いま、すぐに用意しますんで、ちょっくらお待ちを」

「それじゃ、ご馳走《ちそう》になるか」

最上は楕円形《だえんけい》の大きな食堂テーブルに向かい、セブンスターに火を点けた。紫煙をくゆらせながら、ざっと朝刊に目を通す。ネットニュースもチェックした。

少し待つと、食事の用意が整った。

最上は箸《はし》を取った。カツも海老フライもうまかった。

濃い緑茶を啜りながら、テレビニュースをぼんやりと観《み》はじめる。交通事故のニュースが終わると、画面に多摩川《たまがわ》の河口が映し出された。

「次のニュースです。今朝《けさ》八時過ぎ、多摩川河口近くの河川敷《かせんしき》で男性の惨殺体が発見されました。殺された男性は頭部と両手首を鋭利な刃物で切断されていました」

男性アナウンサーが少し間《ま》を取って、言い重ねた。

「男性が所持していた運転免許証、クレジットカード、名刺入れなどから亡くなられた方は中野区東中野五丁目に住むフリージャーナリストの石坂敬明さん、四十一歳と思われます。そのほか詳しいことは、まだわかっていません。次は火事のニュースです」

画像が変わった。

あの石坂が殺されたのか。最上は心底、驚いた。石坂は、てっきりどこかに潜伏していると思っていた。なぜ口を封じられたのだろうか。

石坂は、小室の死の謎を解く鍵を握る人物だった。また、彼は小室に著名な市民運動家を紹介している。その人物は、なかなか人体実験の告発キャンペーンを張ろうとしなかった。

市民運動家は石坂と共謀して、博愛会総合病院から口止め料を脅し取ったのかもしれない。そのことに最初に気づいた小室を葬《ほうむ》り、次に共犯者の石坂の口を封じたのだろうか。考えられないことではない。

しかし、結論を急ぐのは危険だ。発見された惨殺体の頭部と両手首は切断されていたという。

仮に石坂の運転免許証、クレジットカード、名刺入れを所持していたからといって、被害者がフリージャーナリストとは断定できない。石坂が捜査の目をくらます目的で、自分が殺されたように偽装工作した可能性もゼロではないだろう。

「うまかったよ。ご馳走さま！」

最上は健に言い、ダイニングテーブルから離れた。奥の納戸に急ぐ。

納戸には亀岡と橋爪がいた。二人とも手を拱《こまね》いている様子だった。口髭の男は横向きに転がっていた。頭の風呂敷は取り除かれている。

「名前すら言わねえんですよ」

橋爪が最上に顔を向けてきた。

「そう。このまま喰い物も水も与えなきゃ、そのうち音《ね》を上げるだろう」

「そうですかね」

「持久戦でいこう」

最上は舎弟頭に言って、口髭の男に歩み寄った。

「今朝八時過ぎに多摩川の河口近くで、石坂らしき男の惨殺体が発見されたぜ。いま、テレビニュースで報じてたよ」

「…………」

「石坂が殺されたんだとしたら、おまえは誰から報酬を貰うんだ？　石坂とつるんでる著名な市民運動家が払ってくれることになってるのかっ」

「石坂？　市民運動家？　おれは、そんな奴らは知らねえよ」

口髭の男がそう言って、にやりと笑った。

探偵の泊をまた脅して、石坂敬明の交友関係を洗わせるか。

最上はそう考えつつ、口髭の男の脇腹を蹴った。男がむせて、血の泡を口から零《こぼ》した。内臓が破裂したのかもしれない。

「こいつが逃げないよう、しっかり見張っててくれませんか。また来ます」

最上は亀岡に言って、納戸から飛び出した。泊をどこかに呼び出すつもりだ。

4

コーヒーカップが空になった。

最上は水で喉を潤した。西武新宿駅に隣接しているシティホテルのカフェである。午後二時過ぎだった。

最上は私立探偵の泊を待っていた。

卓上には、石坂敬明の著書が二冊載っている。ここに来る途中、買い求めた本だ。どちらも現代社会の歪《ひず》みを抉《えぐ》る重いテーマのノンフィクションだった。社会派ノンフィクション・ライターは二つの顔を巧みに使い分けていたのかもしれない。

最上は煙草に火を点《つ》けた。喫煙できる店だった。実にありがたい。

セブンスターを半分ほど喫ったとき、泊がやってきた。灰色のスーツの上に、黒革のハーフコートを羽織っている。

最上は片手を挙げた。泊がせかせかとした足取りで近づいてくる。いつもの猫背だった。

向かい合うと、泊は不安顔で問いかけてきた。

「今度は何をやれと？」

「この本の著者のことは知ってるよな」

最上は卓上の二冊の本を泊に手渡した。

泊はカバー袖の著者のプロフィールに目をやった。顔写真付きだった。

「この男には見覚えがあるな。そうだ、殺された小室大輔と会ってた男ですよ」

「その石坂が誰かに殺されたようなんだ」

最上は、テレビニュースで知ったことを話した。

「それは知りませんでした。きのう、ちょっと深酒したもんでね」

「結構な身分じゃないか。それはそうと、石坂の交友関係を徹底的に調べてほしいんだ」

「また、只働きさせられるのか。まいったな」

泊がぼやいて、近づいてきたウェイターにコーヒーを注文した。ウェイターが遠のくと、最上は上体を前に傾けた。

「断ってもいいよ。その代わり、あんたは廃業に追い込まれるだろうな」

「や、やりますよ。やりゃ、いいんでしょ」

「よろしく！　石坂が出入りしてた雑誌社やライター仲間から何か引き出せるだろう」

「この石坂って男が小室殺しに関与してるんですか？」

「その疑いが出てきたんだ」

「ということは、小室殺しに博愛会総合病院は関与してなかったんですね？」

「うん、まあ」

最上は曖昧《あいまい》に答えた。

「そういえば、病院のほうはどうなりました？」

「川手が人体実験をした疑いは濃厚なんだが、立件が難しそうなんで、こっちは手の打ちようがないんだよ」

「それじゃ、福田さんもほっとしてるだろうな」

「そうかもしれない」

「石坂の交友関係を調べ上げたら、どうしましょう？」

泊が訊いた。最上はスマートフォンの番号を教え、卓上に一万円札を置いた。

「何なんです、その金は？」

「コーヒー代だ。釣銭は、あんたにやるよ。ゆっくりひとりでコーヒーを飲んでくれ」

「わたしを只働きさせるのは、これで終わりにしてくださいよね」

泊が真剣な表情で言った。

最上は生返事をして、ソファから立ち上がった。カフェを出ると、最上はホテルの地下駐車場に降りた。

スカイラインで、東中野に向かう。十数分で、石坂の自宅マンションに着いた。

最上は車を裏通りに駐《と》め、マンションまでゆっくりと歩いた。覆面パトカーはどこにも見当たらない。捜査員らしき人影も目に留まらなかった。

最上は三〇一号室に急いだ。

ドアに耳を押し当てる。石坂の部屋の中に人のいる気配は伝わってこない。

最上は万能鍵を使って、ドア・ロックを解《と》いた。室内に忍び込み、シリンダー鍵を倒す。

合鍵を持った者が不意に訪ねてくるかもしれない。最上は布手袋を嵌《は》め、チェーン・ロックも掛けた。そのついでに、シリンダー錠に付着した自分の指紋をきれいに拭い取った。

最上は奥に進んだ。

間取りは1LDKだった。リビングは仕事場として使われていたようだ。パソコン、机、書棚、資料棚、スチール・キャビネットなどが所狭しと並んでいる。

最上は、まず資料棚に目を留めた。

国内外の時事ファイルが年代順にまとめられ、人物ファイルがアイウエオ順に整理されていた。最上は、アのファイルを手に取った。各界で活躍中の著名人に関する新聞や雑誌のスクラップが貼ってあった。

その中に、かなり前から市民運動のリーダーとして活躍している赤座《あかざ》聡《さとし》の切り抜きも混じっていた。その数は群を抜いて多かった。

最上も、赤座のことは知っていた。

七十七歳の赤座は、しばしばマスコミに登場している。哲学者じみた風貌で、どこかカリスマ性がある男だ。

赤座は一流国立大学を出ると、リベラルな都知事のブレーンのひとりになった。三十歳のときにブレーングループから離れ、北海道で酪農家を志した。しかし、その夢は二年数カ月で萎《しぼ》んだ。

その後、赤座は数人の仲間と古本屋や印刷所の経営に携わるかたわら、市民運動組織『民《たみ》の声』を結成し、代表世話人になった。一九八〇年代の初頭から情報公開、夫婦別姓、直接立法、環境アセスメント条例などを提起し、多くの共鳴者を得た。

九〇年代に入ると、市民運動は社会に広く受け入れられるようになった。

それまでは対立関係にあった財界人でさえ、市民運動団体の意見に耳を傾けるようになった。それどころか、地球環境問題では市民団体、学者グループ、経済団体が新しい法律や条例の制定をめざして手を組んでいる。

それほど市民運動はパワーを持ったわけだ。事実、『民の声』のような全国組織の市民団体に排ガスやフロン汚染などで嚙みつかれたら、自動車メーカーや家電メーカーは商売に影響が出てくる。市民運動団体は、それだけ怖い存在と言えるだろう。二〇〇〇年代に入っても、活動は衰えなかった。二十年後のいまも変わっていない。

現代社会は官も民も腐敗しきっている。市民団体が嚙みつく材料には事欠かない。

『民の声』を敵に回したら、政治家、高級官僚、経済人も太刀《たち》打ちできなくなる。彼らが悪魔に魂を売り渡したら、最強の恐喝組織にもなるだろう。

最上は、石坂が赤座と手を組んで博愛会総合病院から巨額を脅し取ったのではないかという疑いを深めた。

二人は小室から聞いた人体実験のことを手塚院長にちらつかせたのではないだろうか。何らかの方法で、小室はその悪事を知った。そのために抹殺されてしまった。

これまでの流れを整理すると、そう筋は読める。

最上は、赤座に関するスクラップをすべて自分のポケットにしまい込んだ。『民の声』の事務所は代々木にある。赤座の自宅は世田谷区奥沢《おくさわ》にあるのではなかったか。

最上はキャビネットや机の中まで調べてみたが、石坂と赤座を結び付ける物は何も見つからなかった。

諦《あきら》めて石坂の部屋を出る。最上はドア・ノブの指紋を拭ってから、布手袋を外した。

自分の車に戻ると、すぐ博愛会総合病院の手塚院長に電話をかけた。

「川手と福田を手術台に寝かせる準備に取りかかってるかな?」

「それはまだだが、約束は必ず守るよ。神宮さんの遺族には近々、三億円の小切手を持参するつもりだ」

「そう。きょうは、別の件で電話したんですよ」

「別の件?」

「そうだ。石坂というフリージャーナリストと『民の声』の代表世話人の赤座聡が院長を訪ねてきたことがあるんじゃないか？　神宮幹雄の人体実験のことで話を聞きたいとか何とか言って」

「いや、そんなことはなかったよ」

手塚の声には、かすかな狼狽《ろうばい》が感じられた。

「院長、正直に答えてほしいな」

「本当に、そういう連中は来てないよ。ただ……」

「最後まで喋ってもらおう」

「一月中旬ごろ、石坂と赤座の代理人と称する富永雅樹《とみながまさき》と名乗るインテリやくざっぽい四十五、六の男が訪ねてきたことはあるな」

「そいつは、人体実験のことを知ってた？」

「ああ、知ってたよ。その男は条件次第では、石坂と赤座の二人が騒ぎ立てないよう手を打ってやってもいいと切り出したんだ」

「工作費を要求されたんだな」

「そうなんだよ」

「いくら払った？」

「一億五千万円の小切手を渡すことになってしまった」

「富永という男は、組の名を出したのか?」

「それは言わなかったな。しかし、とても堅気には見えなかったんで、なんだか怖《こわ》くなってしまったんだ」

「その後、富永は?」

最上は訊いた。

「一度も現われなかったよ。川手君の人体実験のことを詳しく知ってるという石坂と赤座も何も言ってこなかった」

「院長、あんたはマッチ・ポンプに引っかかったな」

「マッチ・ポンプだって!? それじゃ、富永という奴は石坂、赤座の二人と結託してたと?」

「そう思って間違いないだろうな。小室さんは、人体実験のことは石坂と赤座にしか話してないんだ。きっと二人は、富永という奴に恐喝材料を提供したんだろう」

「そういうことだったのか?」

「石坂は最初、著名な市民運動家の赤座を動かす気だったんだろう。しかし、赤座は悪事の片棒を担《かつ》ごうとしなかった。いや、その気はあったのかもしれないな。だが、自分が表面に出るのはまずいと考えたんじゃないか。そして、筋者の富永に集金を頼んだんじゃないのかな」

「そうだとしたら、石坂も赤座もとんでもない悪党だ」

「二人を刑事告訴する気なら、全面的に協力するよ。そうなったら、病院の医療事故や人体実験のことも明るみに出てしまうがね」

「二人を告訴することは諦めるよ」

手塚が忌々《いまいま》しそうに言った。

「富永の名刺は、まだ処分してないね？　連絡先を教えてほしいんだ」

「名刺は出さなかったんだよ、あの男は。富永と名乗っただけで、いきなり人体実験のことを持ち出したんだ。こっちは不意を衝《つ》かれて、富永の言いなりになってしまった」

「苦労知らずなんだな。いいだろう、富永のことはこちらで調べ上げる。くどいようだが、約束を反故《ほご》にしたら、あんたの人生は破滅だぜ」

最上は手塚を脅し、いったん通話を切り上げた。すぐに深見組の事務所に電話をする。受話器を取ったのは部屋住みの健だった。

「おれだよ。亀さんに替わってくれないか」

最上は言った。待つほどもなく亀岡の声が響いてきた。

「若、わたしです」

「口髭の男は、どうしてる？」

「だんまり戦術で往生してます。アキレス腱《けん》を片方、ぶっ千切《ちぎ》ってやろうと思ってんですが、どうでしょ？」

「そんなことをしたら、逆効果になるだろう。しばらく放っときましょう」

「わかりました」

「亀さん、富永雅樹って名に聞き覚えはないですか。四十代のインテリやくざ風の男らしいんだが……」

「富永雅樹ですか。どっかで聞いたことのある名だな。ちょっと待ってくださいよ。いま、思い出しますんで」

「時間はたっぷりあります。ゆっくり思い出してください」

「あっ、思い出しましたよ。富永って野郎は、稲森《いなもり》会の元理事でさあ。二年前まで傘下の富永組の組長だったんですが、組を解散したんです」

「足を洗ったのか」

「ええ、一応ね。けど、そいつは見せかけでしょう。確か富永は、稲森会直系の企業舎弟《フロント》のトップでさあ」

「そう」

最上は短く答えた。

稲森会は関東で二番目に勢力を誇る広域暴力団で、構成員は四千人近い。麻薬密売と管理売春が主な資金源だが、表稼業の商売にも精出している。テナントビルやマンションの賃貸、中古外車や重機の販売、飲食店、ペットショップ経営と手広く事業を手がけ、それぞれ収益を上げていた。組織の本部は六本木にある。

「富永は有名私大の商学部出で、稲森会の株の運用を任されてるようですよ」

「その企業舎弟の社名は？」

「そこまではわかりません。けど、少し時間を貰えりゃ、調べられるでしょう」

「それじゃ、調べてくれませんか。また後で電話します」

「わかりました」

亀岡が先に電話を切った。

最上はスカイラインを代々木に走らせた。『民の声』の本部事務所は代々木三丁目にある。雑居ビルの一室だった。

最上はスピード名刺屋に立ち寄り、週刊誌の特約記者の肩書のある偽名刺をこしらえた。雑誌社は実在するが、氏名はでたらめだった。

『民の声』の本部事務所を訪れたのは午後四時ごろだ。

事務所の中には、若いスタッフが数人いるだけだった。最上は出入口に近い席にいる二十七、八歳の女性に声をかけた。

「『週刊ワールド』の者ですが、赤座さんにお目にかかりたいんですよ」

「赤座は、京都に講演で出かけました。何かお約束でも？」

「いいえ、アポなしです。特別企画で赤座さんの半生を六ページの特集記事にまとめさせてもらうつもりなんですが、きょうはインタビューを受けていただけるかどうか打診にうかがったんです。帰京されるのは？」

「今夜八時過ぎには、東京に戻る予定になっています。ですけど、ここには戻らずに自宅に……」

「それじゃ、明日、また伺います」

「失礼ですが、お名前を教えていただけますか？」

「中村一郎《なかむらいちろう》です」

最上は、ありふれた氏名を騙《かた》った。偽名刺は出さなかった。

「何時ごろ、お見えになります？」

「午前中に電話を差し上げて、赤座さんのご都合のよい時間にお邪魔するつもりです」

「わかりました」

「赤座さんの生き方は清々《すがすが》しいですよね。最近、提唱されている自然エネルギーの促進には、わたしも全面的に賛成です。これ以上、地球を汚しちゃいけません」

「その通りですね」

「赤座さんは時代のリーダーだと尊敬してるんだが、欲を言えば、もっと市民生活の生々しいテーマも掬《すく》い上げてもらいたいな」

「代表世話人は、そういうことにもちゃんと目を向けています。市民を苦しめてるものすべてにちゃんと……」

「たとえば、どんなことに目を向けてるんです？」

「高金利と根保証《ねほしょう》で零細《れいさい》企業とその連帯保証人を苦しめてきた商工ローン会社の悪質な取り立ての実態、産廃業者のダイオキシン濃度数値の改ざん、通信会社の顧客情報の流出などの調査を進めて、民間企業にもクレームをつける準備をしてるんです」

「それは頼もしいな。政治家どもは有名企業と癒着《ゆちゃく》してるんで、まともに不正を取り上げようとしない。赤座さんが立ち上がれば、問題のある民間企業も少しは反省するでしょう」

「反省する前に、きっと震え上がるでしょうね。楽しみだわ」

女性スタッフが目を輝かせた。

いま彼女が言ったことは、その気になれば、どれも恐喝材料になる。

最上は口許を緩《ゆる》めた。

「組織のメンバーの中には、消費者保護運動まで手を広げるのはどうかという意見もあったんですよ。弾劾《だんがい》した企業には逆恨《さかうら》みされるでしょうし、場合によっては反社会組織の人間が押しかけてくるかもしれないでしょ？」

「そうだね。しかし、赤座さんはそういう反対を押し切って、あなたがさっき言ったようなことにも取り組み始めたんでしょう？」

「ええ、そうです。代表世話人は、とても勇気があると思います。それに、プライベートな悩みを抱えながらも、市民運動をつづける姿勢が素晴らしいと思います」

「プライベートな悩みって？」

「代表世話人は五年前から奥さんに老人介護サービス会社の経営をさせているのですが、赤字つづきで何億円もの借金があるんですよ。あら、つい余計なことまで喋ってしまったわ」

女性スタッフが首を竦《すく》めた。

「それは大変だな」

「インタビューのとき、代表世話人のプライベートな悩みには触れないでくださいね」

「ええ、わかりました。ところで、フリージャーナリストの石坂敬明さんは赤座さんと親しくしてたんでしょ？」

「石坂さんは二、三年前から、時々、ここに来られていました。代表世話人とは年に一、二度、一緒に山登りをしてたようです。石坂さんとはお知り合いなんですか？」

「ええ、まあ」

「あの方、誰かに殺されたんでしょ？　テレビのニュースで、石坂さんと思われる惨殺体が多摩川の河口近くの河川敷で発見されたと……」

「そのテレビニュースは、こちらも観《み》ましたよ。あの石坂さんが殺されたなんて、未《いま》だに信じられない気持ちだな。それはそうと、石坂さんと一緒に小室という男が来たことがありますか？」

「ええ、ありますよ。それが何か？」

「別に深い意味はないんです。それでは、また明日！」

最上は事務所を出て、スカイラインに乗り込んだ。

発見された切断死体は、石坂だったのだろうか。もう司法解剖は終わったはずだ。

最上は車のエンジンをかけてから、所轄の羽田《はねだ》の東京空港署に電話をした。検事であることを明かし、電話を刑事課長に繋いでもらう。

「東京地検の方だそうですね？」

「刑事部の最上といいます。今朝《けさ》八時過ぎに男の惨殺体が多摩川の河口付近で発見されましたよね？」

「はい。それが何か？」

「被害者と思われる石坂敬明は、わたしの知人なんです。もう身許確認は？」

「はい。司法解剖の結果、被害者は石坂敬明とは別人だと判明しました。頭部と両手首を切断されたのは、宮城県出身の元出稼ぎ労働者でした。仏さんは失業して以来、川崎《かわさき》駅周辺で路上生活してたんですよ。奥さんが捜索願を出してましてね、胆石の手術痕とＤＮＡ鑑定で本人と確認できたんです」

「亡くなられた方は、なぜ石坂の運転免許証、カード、名刺入れを持ってたんでしょう？」

「そのあたりのことは、まだわかりません。うちの署に明日、捜査本部が設置されることになりましたので、必要でしたら、地検のほうに捜査状況をお伝えしますが」

「いいえ、そこまでしていただかなくても結構です。どうもありがとうございました」

最上は礼を言って、電話を切った。

ほとんど同時に、着信音が響いた。発信者は亀岡だった。

「若、富永がやってる会社は、『東洋セントラル・トレーディング』って名でさあ。オフィスは、赤坂五丁目の茜《あかね》ビルの三階にあるそうです」

「動きが早いな。助かりました」

「気をつけてくださいよ、相手は素人じゃねえんですから」

「わかっています」

最上は通話を切り上げ、スカイラインを赤坂に向けた。

自分が殺されたように細工した石坂とインテリやくざの富永は、どこかで繋がっているはずだ。石坂は、富永に匿《かくま》われているとも考えられる。

最上は徐々に加速しはじめた。

それから間もなく、関東仁勇会の塩谷武徳会長から電話がかかってきた。

最上は車を路肩に寄せた。

「会長、二代目の弔《とむら》いの件では大変お世話になりました。改めてお礼申し上げます」

「たいしたことはしてねえよ。それより、跡目《あとめ》のことで提案があるんだ」

「自分も会長にご相談したいことがあったんですよ。本名で深見組の三代目組長になるわけにはいきませんが、恩のある二代目には感謝していますので、偽名で跡目を……」

「肚《はら》を括ったようだが、あんたは現職の検事なんだ。そんなことはさせられねえな。こっちの提案を聞いてくれ。故人の三回忌まで組長席を空席にして、亀岡に組長代行をやらせる。あんたは〝隠れ組長〟として亀岡を支えてくれねえか。どうだい？」

塩谷会長が言った。

「〝隠れ組長〟ですか」

「亡くなった二代目は三十数年前に京浜《けいひん》運河に飛び込む気だった最上母子を引き留めて以来、あんたとお母さんの珠江さんの行末を案じてたんだ。二代目と珠江さんは惹《ひ》かれ合うようになったんだが、あんたの将来を考えて再婚に踏み切れなかったんだよ。二代目は珠江さんの連れ子のあんたを自分の息子のようにかわいがってた。できることなら、あんたを深見組の三代目にしたかったんだろう。けど、あんたは堅気の検察官だ。土台、無理な話だよな。それでも、故人はそうなることを夢見てたんだよ」

「そういうことを聞いたら……」

「感傷的になっちゃいけねえな。こっちの提案を呑んでくれねえか」

「異論はありません。会長、よろしくお願いします」

最上は電話を切った。目頭が熱い。母と深見隆太郎の切なさが哀《かな》しかった。

第四章　不審な経済やくざ

1

茜ビルはＴＢＳテレビの裏手にあった。

一ツ木《ひとつぎ》公園の並びだ。十一階建てのモダンなオフィスビルである。

最上はビルの中に入った。エントランスロビーの壁には、『東洋セントラル・トレーディング』のプレートが掲《かか》げられている。

最上はエレベーターで三階に上がった。

富永のオフィスは、エレベーターホールの左側の奥にあった。最上は反対側に歩き、非常階段の踊り場に出た。

冷たい風が下から吹き上げてくる。スラックスが風を孕《はら》み、はたはたと鳴りはじめた。

最上はスマートフォンを懐から取り出し、『東洋セントラル・トレーディング』のホームページを開いた。電話番号が載っている。

すぐに最上は富永のオフィスに電話をかけた。受話器を取ったのは若い男だった。

最上は声のトーンを変え、いきなりまくしたてた。

「おい、富永おるやろ。早《はよ》う電話口に出さんかい！」

「どちらさんでしょう？」

「神戸連合会の者《もん》や。富永に話があんねん」

「少々、お待ちください」

相手の声が途切れ、甘やかな旋律が流れてきた。『ムーンリバー』だった。ほどなく音楽が熄《や》み、落ち着きのある中年男の声がした。

「富永です。神戸連合会の方だそうですね？」

「そや。富永はん、汚いことするやんけ」

「なんのことでしょう？」

「博愛会総合病院から一億五千万円も脅し取ったやろうが！　そのことを言うてるんや。わし、手塚院長の代理人やねん。一億五千万の小切手、返してもらおうやないか」

「待ってください。おっしゃられている意味がよくわかりません」

「とぼけるんやない。あんたはフリージャーナリストの石坂か市民運動家の赤座から、人体実験のことを聞いたはずや。それで、手塚院長に会いに行ったんやろうが。稲森会の代紋汚してもええんかっ」

「わたしは、もう稲森会とは縁の切れた人間です」

「それは表向きの話やろうが。『東洋セントラル・トレーディング』が稲森会の企業舎弟《フロント》やいうことぐらいとうに知っとるわ。とにかく、表に出て来いや。わし、ビルの前におんねん。一対一《サシ》で話《ナシ》つけようやないか」

最上は電話を切り、三階の廊下に戻った。エレベーターホールに向かってゆっくりと歩く。ホールの手前に差しかかったとき、『東洋セントラル・トレーディング』から二人の男が飛び出してきた。ともに三十歳前後だった。きちんと背広を着ているが、どことなく荒《すさ》んだ感じだ。おそらく稲森会の構成員だろう。

二人は、あたふたとエレベーターに乗り込んだ。

函《ケージ》の扉が閉まる。最上は富永のオフィスに走った。腰の後ろからサイレンサー付きの自動拳銃を引き抜く。

口髭の男から奪ったグロック19だ。残弾は四発だった。

『東洋セントラル・トレーディング』の中に躍《おど》り込み、最上は奥に向かった。

トレーディングルームの中に、商社マン風の四十五、六歳の男がいた。回転椅子に腰かけている。

「富永やなっ」

最上は銃口を相手の胸部に向けた。

「ええ、富永です。あなた、関西の極道には見えませんな。何者なんです？」

「ほんまに神戸連合会の者や。石坂をどこぞに匿《かくま》っとるんやろ！」

「石坂などという男は知りません。それに、なんとかという病院にも行った覚えはありませんよ。あなたは何か勘違いされてるようだ。お引き取りください」

「わしをおちょくっとるんか。こら、撃《ハジ》かれたいんけっ」

「お帰りください」

富永が穏《おだ》やかに言い、机の下に右腕を伸ばした。その直後、警報がけたたましく鳴り響きはじめた。同じフロアにいる人間が次々に富永の事務所の様子を見に来るだろう。いまは退散したほうがよさそうだ。

「決着《オトシマエ》はきっちりつけたる。それを忘れるんやないで！」

最上は大声で喚《わめ》き、富永に背を向けた。出入口に向かいながら、消音器付きのグロック19を腰の後ろに戻す。

『東洋セントラル・トレーディング』を飛び出すと、早くも廊下に野次馬が集まっていた。

最上はうつむき加減に廊下を駆け、非常口まで一気に走った。非常階段を駆け降り、ビルの裏手の通りに出る。

最上は大きく迂回《うかい》して、一ツ木公園の横に駐《と》めてあるスカイラインの中に戻った。ちょうどそのとき、検察事務官の菅沼から電話がかかってきた。

「最上検事、無断欠勤はまずいですよ」

「馬場部長が何か言ったようだな」

「服務規定を守れないような人間は、検事をやる資格がないなんて聞こえよがしに言ってました」

「そうか。ちょっと熱があるんだよ。二、三日前から風邪気味だったんだ」

最上は、もっともらしい嘘をついた。

「病院には行かれたんですか？」

「いや、行ってない。市販の風邪薬を服《の》んで寝てた」

「熱はどのくらいあるんです？」

「三十七度五分だから、たいした熱じゃない。明日は出勤できるだろう」

「あまり無理をしないほうがいいですよ。もし明日も来られないようでしたら、部長には最上検事から病欠したいという連絡があったと言っておきます」

「ああ、よろしく」

「それでは、お大事に！」

電話が切られた。

最上は一服してから、車を走らせはじめた。茜ビルの数十メートル手前でスカイラインを停め、変装用の黒縁眼鏡をかける。ついでに、いつものように前髪も垂らした。

富永をマークしつづければ、何か手がかりを摑めるにちがいない。

運がよければ、今夜にも石坂の隠《かく》れ家《が》がわかるだろう。あるいは、石坂が市民運動家の赤座と接触する現場を目撃できるかもしれない。

最上は腰を据えて、張り込みに取りかかった。

私立探偵の泊から連絡が入ったのは午後七時半過ぎだった。

「石坂はギャンブル好きで、何年も前から稲森会が仕切ってる違法カジノに出入りしてたそうです」

「その情報源は？」

「石坂のライター仲間が教えてくれたんですよ。稲森会の理事クラスとも面識があるそうです。稲森会の会長の自叙伝の代筆も、石坂がやったという噂があるらしいんですよ。その話の真偽までは確かめられませんでしたけどね」

「石坂は、稲森会の元理事の富永雅樹という男とも親交があると思うんだがな」

「そこまではわかりませんでした。ただ、石坂は『民の声』の赤座代表世話人とは親しくしてるそうです」

「それは、おれも知ってる。『民の声』の本部事務所に行ってきたんだ」

「そうですか。それから、石坂は六年前に離婚してますね」

「別れた元妻は都内に住んでるのかな？」

「いいえ、ブラジルのリオデジャネイロにいるって話でした。元妻は元雑誌編集者とかで、いまは向こうで邦字新聞の記者をしているそうです」

「石坂の出身地は？」

「青森県だそうですけど、もう十年以上も郷里には帰ってないだろうって話でしたね」

「そうか。まだ男盛りなんだから、彼女はいそうだな」

最上は言った。

「特定の女性はいなそうですけど、新宿歌舞伎町《かぶき》二丁目の上海《シャンハイ》クラブにはちょくちょく飲みに行ってたみたいですよ」

「その店の名は？」

「えーと、『秀麗《しゅうれい》』だったかな。多分、その店にお気に入りのホステスがいるんでしょう」

「そうなんだろうな」

「調査でわかったことは以上です。もうこれで、お役ご免にしてくださいよね」

「ひとまず、休ませてやろう」

「えっ、まだ解放してもらえないんですか⁉」

「あんたには、半《なか》ば永久的におれの情報屋になってもらうつもりだ」

「じょ、冗談じゃない」

「あんたは、おれに逆《さか》らえない立場なんだぞ」

「悪党！」

泊が悪態をついて電話を切った。

最上は薄く笑って、スマートフォンを耳から離した。いたずらに時間だけが過ぎていく。

茜ビルの地下駐車場からブリリアント・シルバーのメルセデス・ベンツが走り出てきたのは、九時十分ごろだった。

ステアリングを握っているのは富永自身だ。助手席にも後部座席にも、ボディーガードの姿はない。

最上は慎重にベンツを尾《つ》けはじめた。

富永の車は外堀通りに出ると、新橋《しんばし》方面に向かった。銀座の高級クラブに飲みに行くのだろうか。

予想は外れた。ベンツは新橋駅の近くにあるシティホテルの地下駐車場に入った。最上は少し時間を遣《や》り過ごしてから、スカイラインごと地下駐車場に潜《もぐ》った。

ちょうど富永がベンツから降りたところだった。最上は急いでスカイラインを駐め、富永の後を追った。富永は階段を使って、一階ロビーに上がった。

誰かと待ち合わせているらしい。最上は追尾しつづけた。

富永が吸い込まれたのは、フロントから最も離れた場所にあるバーだった。照明は割に暗い。

最上は七、八分経ってから、バーの中に入った。

右手にカウンターが延び、左側にテーブル席があった。テーブルの上にはキャンドルが置かれ、赤い光が揺らめいている。カップルが目立つ。

富永は中ほどのテーブル席に着いていた。出入口に背を向ける形だった。

三十代半ばのサラリーマン風の男と向かい合っていた。卓上には、ドライ・マティーニのグラスが二つ置かれている。

その席の斜め後ろのテーブルは空いていた。

最上は、その席に座った。富永とは背中合わせの恰好《かっこう》だった。最上はウエイターにトム・コリンズを注文した。ジンをベースにしたカクテルだ。

最上は耳をそばだてた。

富永と向かい合っている男は、証券会社の社員のようだ。アメリカのヘッジファンド・グループの最近の動きを富永に熱心に説明している。

「それじゃ、もうしばらく売りも買いも控えたほうがいいね」

「はい、そのほうがよろしいかと思います。しかし、ベルギーとスイスの国債は来月上旬には少し買い増したほうがいいでしょう」

「そう。例のバイオ関連株では二億円ほどマイナスをこしらえたんで、半導体関連株か何かで挽回《ばんかい》しないとな」

「富永社長は勝負どころを心得ていらっしゃるから、二億や三億円の損失ぐらいはどうってことないでしょう」

「いやいや、わたしは小心者だよ」

「ご冗談を……」

二人は高く笑い合った。

株談義は、なかなか終わらなかった。いつの間にか、最上はトム・コリンズを三杯空けていた。

富永たちが腰を上げたのは十時半過ぎだった。インテリやくざは連れを先に帰らせ、カードで支払いを済ませた。最上は大急ぎで勘定を払って、急いで富永を追った。すでに富永は地下駐車場に降りていた。

最上も地下駐車場に下《くだ》った。

富永のベンツは走路を低速で進んでいた。最上は自分の車に駆け寄った。

ふたたびベンツを尾行しはじめる。ベンツは芝大門《しばだいもん》方向に進み、やがて桜田通りに入った。

愛人の家にでも行くのか。

最上はスカイラインを走らせつづけた。

ベンツはしばらく桜田通りを直進し、清正公《せいしょうこう》前から目黒《めぐろ》通りに入った。二つ目の交差点を右に折れる。白金《しろかね》の閑静な住宅街だ。

富永の車は数百メートル走り、豪壮な邸宅の中に消えた。

最上は邸宅の少し手前でスカイラインを停めて、静かに外に出た。富永が吸い込まれた家の門の前まで歩く。富永という表札が出ていた。インテリやくざの自宅だろう。

ガレージにベンツが見えるが、富永の姿はない。もう家の中に入ったようだ。

石坂は、この家の中に匿《かくま》われているのだろうか。

最上は前庭を覗き込んだ。次の瞬間、ポーチの横で犬が高く吼《ほ》えた。鎖で繋がれたドーベルマンが最上を見て、野太く唸りはじめた。

富永が家の中から出てくるかもしれない。

最上はスカイラインに駆け戻った。富永邸からは誰も飛び出してこない。新宿の上海クラブに行ってみる気になった。

最上は車を走らせはじめた。

住宅街を走り抜け、近くの明治通りに出た。道なりに進めば、新宿に達する。

『秀麗』を探し当てたのは、午前零時近い時刻だった。

店は花道《はなみち》通りから一本奥に入った裏通りにあった。飲食店ビルの七階だった。営業時間は午前二時までとなっているから、サパークラブなのだろう。

最上は車をバッティングセンターの近くの路上に駐め、上海クラブに急いだ。『秀麗』のドアを押すと、黒服の若い男が歩み寄ってきた。

「ここは会員制の店なの？」

最上は訊いた。相手がたどたどしい日本語で言った。

「そうね。ここ、メンバースよ。初めてのお客さん、駄目ね」

「石坂の友人なんだよ。石坂のこと、知ってるだろう？」

「はい、よく知ってる。でも、お客さん、石坂さんと一緒じゃない。それ、困るね」

「あまり堅いことを言わないで、一杯だけ飲ませてくれよ。石坂が気に入ってる美人の上海娘をひと目見たいんだ。その娘《こ》、なんという名だったかな」

最上は言いながら、黒服の男に折り畳んだ一万円札を握らせた。男は一瞬、当惑顔になったが、素早く紙幣を胸ポケットにしまい込んだ。

「春芳《チュンファン》さんね。あなた、前に石坂さんと一緒に来たことにするよ」

「話がわかるね。その春芳って娘《こ》をおれの席に呼んでほしいんだ」

最上は男に耳打ちした。男が笑顔でうなずき、案内に立った。

店内は仄暗《ほのぐら》い。ボックスシートが六つほどあり、客が三組ほど入っていた。日本人客ばかりのようだ。中国語は聞こえてこない。

六人のホステスは揃《そろ》って美しかった。全員、切れ込み《スリット》の深いチャイナドレスを身につけている。最上は出入口に近い席に座らされた。

「石坂さんのボトル、あるね。それ、持ってくるよ」

黒服の男が最上に小声で言い、奥の席にホステスを呼びに行った。彼は、すらりと背の高いホステスを伴《ともな》って戻ってきた。

「春芳さんね」

黒服の男が細身の美女を最上のかたわらに腰かけさせ、ほどなく下がった。春芳が名乗り、滑らかな日本語で問いかけてきた。

「あなたは、石坂さんの友達なんですって？」

「そうなんだ。きみのことは、石坂からよく聞いてた。想像以上の美人だね。あいつがきみに夢中になるわけだ」

「わたし、石坂さん、あまり好きじゃない。いいお客さんだけど、ちょっと中国人を見下《みくだ》してる。お金で、どうにでもなると思ってるみたいなの。こういう仕事をしてるけど、わたしたちは売春婦じゃない」

「石坂が無神経なことを言ったようだな」

最上は顔をしかめた。

黒服の男がスコッチ・ウイスキーのボトルやグラスを運んできた。彼は片膝を落とし、馴《な》れた手つきで水割りをこしらえた。春芳の前には、水色のカクテルが置かれた。

黒服の男が遠ざかると、最上たち二人は軽くグラスを触《ふ》れ合わせた。

「お客さん、石坂さんと同じ仕事をしてるの？」

春芳がカクテルをひと口啜《すす》って、すんなりと長い脚を組んだ。ほどよく肉の付いた太腿《ふともも》が露《あら》わになった。なまめかしかった。

「いや、こっちは市場調査の仕事をしてるんだ」

「そうなの。石坂さんよりも若いんでしょ？」

「三十五だよ、おれは」

「女性にモテそうね。イケメンだけど、にやけた感じじゃないから」

「こっちのことより、石坂のことを話そう。一昨日から、彼に連絡がつかないんだ。きみ、石坂がどこにいるか知らないか？」

「知らないわ。五日ほど前に店に来たけど、早目に帰ったの。それきり会ってないし、連絡もない」

「そうなのか。石坂は、いつもひとりで飲みに来てたの？」

「たいていそうね。でも、一度だけ年配の男性と来たことがあるわ。あのお客さん、なんて名だったかしら？」

「もしかしたら、赤座さんかな」

「ええ、その男性よ」

「それは、いつごろのこと？」

「あなた、石坂さんのことばかり話題にしてる。わたしに興味がないんだったら、別の女の子とチェンジしてもいいわ」

「きみには大いに関心があるよ。しかし、きみは石坂のお気に入りの娘《こ》だから、口説《くど》くわけにはいかないじゃないか」

「わたし、彼の愛人なんかじゃない。だから、わたしを口説いてみて」

「本気なの？　そういうことなら……」

最上は春芳《チュンファン》のくびれた腰に片腕を回して、ぐっと抱き寄せた。春芳がしなだれかかってきた。

この娘《こ》と親密になれば、もっと何か手がかりを得られるかもしれない。息抜きを兼ねて、ホテルに誘ってみるか。

最上はグラスを呷《あお》った。

2

瑠璃色《るりいろ》のチャイナドレスが床に落ちた。

なんと春芳はブラジャーもパンティーも身につけていなかった。最上は声をあげそうになった。

白い柔肌が眩《まばゆ》い。果実のような乳房は、たわわに実っている。くびれたウエストが悩殺的だ。短冊《たんざく》の形に繋った飾り毛は、オイルをまぶしたように艶《つや》やかだった。

「シャワーを浴びてきます」

春芳が生まれたままの姿で浴室に消えた。

歌舞伎町の裏通りにある六階建てのホテルの一室だ。一応、シティホテルの造りだが、大半の客が情事に使っている。

午前二時過ぎだった。最上は『秀麗』が閉店になってから、春芳とこのホテルに来たのだ。ダブルベッドルームだった。

湯の弾ける音が響いてきた。最上は黒いラブチェアに腰かけ、煙草に火を点けた。

脈絡もなく恋人の玲奈の顔が脳裡に浮かんだ。いくらか後ろめたかったが、春芳と肌を重ねたいという気持ちは抑《おさ》えられなかった。

美しい花を見れば、その香りを嗅《か》ぎ、手折《たお》ってみたくなる。それが男の生理というものだろう。最上は自己弁護をして、疚《やま》しさを薄めた。

そのすぐ後、懐でスマートフォンが震えた。『秀麗』を出るとき、マナーモードに切り替えておいた。

スマートフォンを耳に当てると、代貸の亀岡の声がした。

「若、面目《めんぼく》ありません。たったいま、口髭の男に逃《フケ》げられました」

「また、どうして？」

「逃げた野郎、腹が痛《いて》えから、トイレに行かせろって言ったんでさあ。それで健を見張りにつけたんですが、野郎はトイレに入る振りをして逃げやがったんですよ。健は一発で殴り倒されちまって。だらしのない奴です」

「で、健ちゃんに怪我は？」

「それはありません。部屋住みの若い者《もん》と橋爪がすぐに野郎を追ったんですが、途中で見失ったらしいんですよ」

「そうですか」

「こんなことになったのは自分の責任です。申し訳ありません」

「亀さん、気にしないでください。あの男は、どうせ口を割らなかったかもしれませんので」

「それにしても……」

「いいんですよ。ご苦労さまでした」

最上は亀岡を犒《ねぎら》って、先に電話を切った。刺客に逃げられてしまったことは残念だが、亀岡たちを咎《とが》める気にはなれなかった。

最上は腰の後ろから、消音器付きの自動拳銃を引き抜いた。

サイレンサーを外し、グロック19を先に上着のポケットに突っ込む。消音器は反対側のポケットに収めた。

上着を脱いで、ラブチェアの隅に丸めて置いた。

数十分後、純白のバスローブをまとった春芳《チュンファン》が浴室から出てきた。肌はピンクに色づいていた。

「ようやく体が温《あたた》まったわ」

「いつもドレスの下に何もつけてないの？」

「ええ、お店に出てるときはね。帰るときは、ちゃんと下着をつけるけど。でも、きょうはどうせすぐに素っ裸になると思ったから、ドレスの上にカシミヤコートを羽織ってお店を出てきちゃったの。あなたをあまり長く待たせるわけにはいかないでしょ？」

「優しいんだな、きみは」

「あなたが好みの男性だからよ。そうだわ、あなたのお名前をまだ教えてもらってなかったわよね」

「中村だよ。中村一郎っていうんだ」

「憶《おぼ》えやすい名前ね」

「そうだろうな」

「シャワー、どうぞ！　わたし、ベッドの中で待ってるわ」

「それじゃ、ざっとシャワーを浴びてくる」

最上はラブチェアから腰を浮かせ、バスルームに足を向けた。脱衣室で裸になり、ボディーソープで体を洗った。

黒いバスローブを羽織って、浴室を出る。

春芳《チュンファン》はベッドに浅く腰かけ、スマートフォンで誰かと電話中だった。すぐに彼女は電話を切った。

「わたし、お友達と一緒にマンションを借りてるの。その娘《こ》に、今夜はホテルに泊まることになったって電話をしたのよ」

「そう」

最上は春芳に歩み寄った。

春芳が艶然《えんぜん》とほほえみ、ゆっくりと立ち上がった。切れ長の目が色っぽい。最上は春芳を抱き寄せ、形のいい唇をついばみはじめた。

二人はバードキスを交わしながら、互いのバスローブを脱がせ合った。

最上は春芳の舌を吸いつけた。

春芳が喉の奥でなまめかしく呻き、大胆に舌を絡《から》めてきた。二人はキスをしたまま、ベッドに倒れ込んだ。

最上は前戯に熱を入れた。指を動かしつづける。

「いい、いいわ。好《ハオ》、好《ハオ》！」

春芳が母国語混じりに言い、腰を大きく迫《せ》り上げた。男の欲情を掻き立てるような痴態《ちたい》だった。

最上は一気に猛《たけ》った。秘めやかな場所に顔を近づけたときだった。

背後に人の気配を感じた。どうやらハニートラップに引っかかったようだ。

最上は振り向く前に、黒い袋を頭から被せられた。すぐに開口部の紐《ひも》が絞られる。

春芳が両腕で最上の胸板を突き上げ、何か中国語で罵《ののし》った。

「おれを罠に嵌めたんだなっ」

「そうよ。あんた、ばかね」

「電話で石坂を呼んだんじゃないのかっ」

最上は春芳から離れ、横蹴りを放った。だが、虚《むな》しかった。

ベッドから引きずり落とされた。襲撃者は、ひとりではなかった。二人だった。

すっぽりと被せられた黒い袋を取り外そうとしたとき、不意に胸を蹴られた。すかさず別の者が脇腹を蹴り込んできた。どちらも鋭い蹴りだった。

最上は反撃できなかった。

体を丸め、筋肉という筋肉を突っ張らせる。少しでもダメージを弱めるためだった。無数のキックを浴びせられ、最上は転げ回った。

春芳《チユンフアン》が身繕《みづくろ》いを終え、あたふたと部屋を出ていく気配が伝わってきた。

そのとき、最上の下腹部にひんやりとする物が触《ふ》れた。感触で、すぐに刃物とわかった。

刃渡りは三十センチ前後だ。匕首《あいくち》だろう。

「おまえら、稲森会の人間だな。石坂は、どこにいるんだっ」

「さあな」

男のひとりが、せせら笑った。

「おれをどうする気なんだ？」

「ここで殺したりしねえよ。検事さんよ、よく聞きな。石坂さんのことを嗅ぎ回ってると、長生きできねえぞ」

「おまえら、富永の舎弟どもだなっ。石坂と富永に言っとけ。生きてる限り、おれは決して尻尾《しっぽ》は巻かないとな」

最上は言い返した。

「この野郎、突っ張りやがって。兄貴、こいつの目玉をスプーンで……」

「そんなことより、こいつの手足を早く縛れ！」

「わかりました」

男のひとりが部屋の中を動き回りはじめた。床からバスローブのベルトを拾い上げる様子が感じ取れた。

「俯《うつぶ》せになりな！」

兄貴分の男が最上に命じた。刃物の切っ先は最上の体から離れていた。

いましか反撃のチャンスはない。最上は腰をスピンさせ、兄貴分の男の向こう臑《ずね》を蹴った。相手が呻く。

最上は黒い袋を取り除き、敏捷《びんしょう》に立ち上がった。蹴られた箇所が痛んだ。

「てめえ！」

坊主頭の三十二、三歳のずんぐりとした男が匕首《あいくち》を中段に構えた。後ろにいる二十八、九歳の男はバスローブの紐を投げ捨て、黒っぽいダブルブレストの上着の懐を探った。

摑み出したのは、中国製トカレフのノーリンコ54だった。ライセンス生産された拳銃だ。すぐにスライドが引かれる。

「おい、坐れ」

拳銃を持った男が声を張った。二メートルそこそこしか離れていない。

ノーリンコ54は殺傷能力が高いことで知られている。至近距離から撃たれたら、まず助からないだろう。

「逆《さか》らわないから、トランクスを穿《は》かせてくれないか」

最上は、どちらにともなく言った。すると、後ろの男がいきなり無言で腰を蹴りつけてきた。

最上は前のめりに倒れた。匕首を持った兄貴分の男が屈《かが》み込み、寝かせた刀身で最上の頬をぴたぴたと叩いた。

「ここで、てめえを殺《や》っちまってもいいんだぜ」

「殺《や》りたきゃ、殺れよ」

「虚勢を張りやがって。面《つら》が引き攣《つ》ってるぞ」

「別にビビったわけじゃない。そっちの脅し方が月並だったんで、嘲笑したんだよ」

最上は毒づいた。

次の瞬間、後頭部に激痛を覚えた。ノーリンコ54の銃把《グリップ》で強打されたせいだ。頭の芯《しん》が白く霞む。

最上は両手で頭を抱え、体を左右に振った。指先が血で濡れはじめた。

頭皮が切れたことで、ひと安心した。内出血のほうが、かえって始末が悪い。

「石坂さんや富永さんの周《まわ》りを二度とうろつくんじゃねえぞ」

兄貴分の男が威嚇《いかく》し、匕首を鞘《さや》に納めた。

最上は前の男の両脚を掬《すく》いたい衝動を抑《おさ》えて、首だけを捩《ねじ》った。若いほうの男は両手保持で拳銃を構えていた。いつでも引き金を絞れる姿勢だ。

「博愛会総合病院の小室って内科医を殺したのは、口髭を生やしてる殺し屋《プロ》なんだなっ」

「小室だって？」

前の男がオーバーに首を傾《かし》げた。

「いまさら白々しいぞ。こっちは小室大輔さんが消された理由を知ってるんだ。彼は、石坂が赤座って市民運動家や経済やくざの富永とつるんで博愛会総合病院の手塚院長から一億五千万円を脅し取ったことを知ってしまった。だから、殺されたんだろう」

「おれにゃ、なんの話かわからねえな」

「もう一つ、石坂と富永に言っとけ。連中の悪事はおれだけじゃなく、東京地検刑事部の複数の検事が知ってるってな」

最上は、はったり《ブラフ》をかませた。

「その話、本当なのか⁉」

「もちろんだ。だから、おまえらがおれひとり片づけても、石坂や富永はもうどうにもならない」

「兄貴、こいつを殺《や》っちまったほうがいいんじゃないっすか」

「おまえ、こいつを見張ってろ」

刃物を振り回した男がドアの近くまで離れ、どこかに電話をかけた。石坂か富永に指示を仰《あお》ぐ気になったのだろう。

男の声は小さすぎて、よく聞き取れなかった。通話は短かった。坊主頭の男が戻ってきた。

「さっき言ってたこと、地検の誰と誰が知ってんだ?」

「同僚たちの名は絶対に言わない。地検の刑事部にダイナマイトでも投げ込むんだな。もっともその前に、石坂たちは手錠《ワッパ》打たれることになるだろうが。おまえら二人も時間の問題で、逮捕《パク》られることになるだろう。その前に好きなだけ女を抱いて、酒も飲んどくんだな」

「なめやがって」

「こっちに協力するなら、おまえら二人は見逃してやってもいい。どうする?」

最上は言った。

年嵩《としかさ》の男がいきり立ち、急に前蹴りを放った。最上は身を躱《かわ》した。蹴りは空に流れた。

「てめえ、ふざけやがって」

男が上着のポケットから、制汗スプレーの缶のような物を取り出した。数秒後、最上は噴《ふん》霧《む》を浴びせられた。催涙スプレーと思われる。

瞳孔に痛みを感じ、とても目を開けていられない。すぐに男たちの乱れた足音が聞こえた。逃げる気らしい。

最上は何度も目をしばたたいた。

そのたびに涙が出た。次第に目の痛みが薄れてきた。最上は、目を大きく見開いた。

二人組の姿は掻き消えていた。全裸では追うに追えない。

最上は春 芳《チユンフアン》につい気を緩《ゆる》してしまった自分の甘さを呪《のろ》いながら、おもむろに身を起こした。

3

底冷えがする。

夜半には雪になるのかもしれない。それほど寒かった。

最上は鹿革のハーフコートの襟《えり》を立て、身を縮めていた。斜め前に飲食店ビルがある。春芳を尾行する気だった。

ホテルで二人組に痛めつけられたのは一昨日のことだ。もう打撲《だぼく》の疼《うず》きはない。

午後十一時過ぎだった。スカイラインは少し離れた場所に駐めてある。

懐でスマートフォンが震動した。最上はかじかんだ手でスマートフォンを取り出し、耳に当てた。

「若、わたしです」

電話をかけてきたのは亀岡だった。

「やあ。何か急用ですか？」

「こないだ逃げた口髭の男の居所を突きとめたんでさあ。何人かの知り合いに当たって、富永が北青山《きたあおやま》二丁目にセカンドハウスを持ってることがわかったんですよ。セカンドハウスといっても、高級マンションの一室なんですがね」

「亀さんは、そのマンションに行ってみたの？」

「ええ。『北青山アビタシオン』って名のマンションの六〇六号室なんですが、オートロック・システムってやつで、勝手には建物の中には入れないんですよ。けど、例の野郎がいることは確かでさあ。あの男が六〇六号室のベランダに出てきたのを、この目で見ましたんで」

「やっぱり、あの男は富永に雇われたんだな」

「そいつは間違いないでしょう。おそらく野郎は、稲森会の下部団体《エダ》に属してるんでしょうね。でなかったら、どこか別の組織を破門になった一匹狼の殺し屋なのかもしれません」

「稲森会の構成員を刺客《しかく》に選んだら、富永にも捜査の手が伸びる。おおかたインテリやくざは、別の組から弾《はじ》き出された暴れん坊を殺し屋として雇ったんでしょう」

最上は言った。

「そうかもしれませんね。ところで、どうします？　口髭の男を拉致《らち》して、また根津の納戸にぶち込んでおきましょうか？」

「いや、もういいですよ。あの男の隠れ家がわかったんだから、何も無理することはありません」

「わかりました。それはそうと、きのう関東仁勇会の塩谷会長から連絡がありまして、ご提案をうかがいました。二代目組長の三回忌まで、わたしが組長代行を務めさせていただきます。若、どうか裏で力を貸してください。お願いします」

亀岡の声が途絶《とだ》えた。

最上はスマートフォンを内ポケットに戻した。足踏みをしながら、辛抱強く張り込みつづける。

春芳が飲食店ビルから現われたのは、十一時五十分ごろだった。

連れはいなかった。真紅《しんく》のミニドレスの上に毛皮のコートを羽織っている。

最上は大急ぎでスカイラインに乗り込んだ。

春芳《チユンファン》は花道通りを短く歩き、裏通りに入った。最上は低速で追った。春芳は裏通りをたどり、間もなく職安《しよくあん》通りに出た。タクシーを拾う気らしい。自宅に帰るのか。それとも、石坂に会いに行くのだろうか。

最上は職安通りの手前で車を停めた。そのまま路上駐車する。

数分待ってから、春芳はタクシーに乗り込んだ。タクシーは百人町、北新宿を通過し、山手通りを右に折れた。

最上は細心の注意を払いながら、タクシーを尾けた。

タクシーは中落合《なかおちあい》から目白《めじろ》通りに入り、豊玉《とよたま》方面に向かった。環七《かんなな》通りを突っ切って、そのまま直進している。

春芳の自宅は、もっと歌舞伎町の近くにある。多分、彼女は石坂の隠れ家に行くのだろう。最上はそう予想しながら、タクシーを追尾しつづけた。

タクシーが停まったのは、西武池袋線中村橋《なかむらばし》駅の近くにある六階建てのマンションだった。

春芳はタクシーを降りると、マンションの中に走り入った。玄関はオートロック・システムにはなっていなかった。

最上は車をマンションの斜め前に駐め、エントランスロビーに近づいた。春芳はエレベーターホールに立っていた。

最上は植え込みの陰から集合郵便受けを見た。

ネームプレートを端から目で確かめたが、石坂という姓は見当たらなかった。ただ、三〇一号室のプレートには石井《いしい》と記《しる》されていた。ひょっとしたら、石坂の偽名かもしれない。

春芳が函《ケージ》の中に消えた。

最上はエントランスロビーに駆け込み、エレベーターの階数表示盤を見上げた。

移動中のランプは三階で停止した。春芳は三〇一号室を訪ねる気なのではないか。

最上は上りのエレベーターを呼んだ。

少し待つと、函《ケージ》の扉が割れた。最上は三階に上がった。エレベーターを降りたとき、三〇一号室から春芳が飛び出してきた。

彼女は最上に気づくと、棒立ちになった。最上は春芳を睨《にら》みつけた。春芳が急に走りだした。エレベーターホールとは逆方向だった。

最上は追った。

廊下の先は行き止まりだった。春芳が立ち竦《すく》んだ。絶望的な顔つきだった。

「一昨日《おととい》はスリルを味わわせてくれたな。礼を言おう」

最上は皮肉たっぷりに言った。

「ごめんなさい。仕方がなかったの」

「石坂に言われて、おれをホテルに誘い込んだんだなっ」

「…………」

春芳は目を伏せた。肯定の沈黙だろう。

「相手が女だからって、手加減しないぞ」

「そう、石坂さんが色仕掛けを使えって言ったのよ」

「石坂は前から、こっちが『秀麗』に現われるかもしれないと言ってたのか？」

「ええ、そう。あなたの年恰好や顔の特徴を教えてくれたのよ。それで、あなたがお店に来たら、ホテルに誘い込んで電話をしてくれって」

「あの二人組は、やくざだな？」

「多分、そうだと思う。石坂さん、荒っぽい奴らにあなたを少し痛めつけさせると言ってたんで」

「どこまで知ってるんだ」

「えっ、なんのこと？」

「石坂がインテリやくざや市民運動家と共謀して働いてる悪事のことだよ」

「わたし、彼が何をやってるのか、よく知らない。でも、しょっちゅうお小遣いを貰ってたんで、頼まれたことを断れなかったのよね。お店でも言ったけど、彼みたいな男性は好きじゃないの。でも、セックスするたびに十万円もくれたので……」

「金のために体も魂も売ったわけだ」

「軽蔑されても仕方がないけど、わたし、日本でたくさん稼がなくちゃならないの。あちこちに借金して、日本に密入国したから」

「身の上話なんか聞きたくないな」

「そうね、あなたには関係のないことだものね」

「三〇一号室、石坂が住んでるんだな？」

最上は確かめた。

「ええ、石井という名前でね」

「三〇一号室から慌《あわ》てた様子で出てきたのは、なぜなんだ？」

「石坂さんの様子が変なの。居間の床に倒れてたのよ」

「それは、石坂が死んでたって意味か？」

「ううん、死んでたわけじゃないの。誰かに麻酔液を嗅がされて眠らされたみたいなのよ。わたし、面倒なことに巻き込まれたくなかったの。密入国のことがわかったら、中国に強制送還させられちゃう。そんなことになったら、何もかも水の泡だもの」

「おれと一緒に来るんだ」

「お願い、わたしのことは見逃して」

春芳《チュンファン》が両手を合わせ、縋《すが》るような眼差《まなざ》しを向けてきた。

「まだ訊きたいことがあるんだ」

「勘弁して。いま、五万円ぐらい持ってる。それをあなたにあげるわ。それから、一緒にホテルに行ってもいい。だから、わたしのことは警察や出入国在留管理局の人に言わないで」

「救急車もパトカーも呼ばないから、とにかく一緒に三〇一号室に入るんだ」

最上はそう言い、春芳の右手首を取った。次の瞬間、春芳が最上の右手の甲に歯を立てた。尖鋭《せんえい》な痛みを覚えた。

最上は反射的に手を放してしまった。

その隙に、春芳が逃げた。最上は追おうとして、すぐに思い留《とど》まった。春芳からは、もう大きな手がかりは得られないだろう。そう判断したのだ。春芳は廊下を全速力で走り、エレベーターホールの脇にある階段を降りていった。

最上は三〇一号室の前に引き返した。

左右をうかがってから、布手袋を嵌める。ドアはロックされていない。玄関に身を滑り込ませた。暖房が効いていた。最上は靴を脱いだ。

間取りは1DKだった。春芳の言った通り、石坂が横向きに倒れていた。髪型を変えているが、間違いなく石坂だ。鼾《いびき》をかいている。

リビングソファの一つが横倒しに転がっていた。どうやら石坂は誰かと揉み合ったようだ。

最上は、しゃがみ込んだ。

石坂の口許は薬品臭かった。エーテル液か、クロロホルム液を染《し》み込ませた布を押し当てられたのではないか。

薬品臭は強かった。石坂を麻酔液で眠らせた者が室内のどこかに隠れているかもしれない。

最上は立ち上がって、腰の後ろから消音器を装着させたグロック19を引き抜いた。

足音を殺しながら、奥の寝室に近づく。

ドアは半開きだった。最上は拳銃を構えながら、足でドアを押し開いた。

寝室には誰もいなかった。最上はダイニングキッチンを横切り、トイレのドア・ノブに手を掛けた。

ちょうどそのとき、後ろの浴室のドアが軋《きし》んだ。最上は振り向ききらないうちに、湿った布を口許に宛《あて》がわれた。薬品臭かった。

利き腕の動きは封じられていた。背後の男は、前アメリカ大統領のゴムマスクで顔面を隠している。

最上は左の振《ふ》り拳《けん》を放ち、後ろ蹴りを見舞った。しかし、敵は倒れない。急に意識が混濁《こんだく》した。最上は自分が頽《くずお》れるのをかすかに感じ取った。その後は何もわからなくなった。

それから、どれほどの時間が経過したのか。

我に返った最上の目に最初に映ったのは、顔面を撃ち砕かれた石坂の死体だった。自分は、石坂のかたわらに寝かされていた。

グロック19を握ったままだった。右の布手袋には火薬の滓《かす》が砂粒のようにこびりついている。石坂の顔面は、グロック19から放たれた銃弾で潰《つぶ》されたことは間違いない。

ゴムマスクを被《かぶ》った男は、自分を石坂殺しの犯人に仕立てる気だったようだ。人殺しの罪を被せられたくない。

最上は起き上がって、グロック19の安全弁を掛けた。

そのとき、誰かが部屋に駆け込んできた。警視庁の綿引刑事だった。

「検事殿……」

「違うんだ。この男を撃ったのは、おれじゃありません」

最上は早口で弁明した。

「しかし、手袋には火薬の残滓《ざんし》が付着してるじゃないですか」

「おれに麻酔液を嗅がせた男が細工をしたんでしょう。そいつは前アメリカ大統領のゴムマスクを被ってた」

「つまり、検事殿にサイレンサー付きの拳銃を握らせて、引き金を絞ったと？」

「ええ、そうなんでしょう。こっちが意識を失ってる間にね」

「とにかく、凶器を預かりましょう」

綿引が上目遣いに言いながら、右手を差し出した。最上はグロック19を渡した。綿引は格子柄のハンカチで消音器付きの自動拳銃を包み込み、鼻を近づけた。

「硝煙の臭いがきついな。発砲して間がないようだ」

「綿引《ワタ》さん、まさかおれを疑ってるんじゃないでしょうね？」

「検事殿、布手袋もいただきましょうか」

「いま渡します」

最上は布手袋を外した。綿引が透明なポリエチレンの袋をコートのポケットから取り出し、口を大きく開いた。

最上は袋の中に二つの手袋を投げ入れた。

「検事殿、手袋は私物ですね？」

「そうです」

「あなたは、わざわざ手袋をしてから、この部屋に入られた。なぜ、そんなことをしたんです？　説明してください」

「殺された男は、フリージャーナリストの石坂敬明です。石坂は、ある殺人事件に関与していた疑いがあったんですよ。で、独自に内偵捜査をしてたんです」

「その殺人事件というのは？」

「綿引《ワタ》さん、おれをまだ疑ってるの⁉」

「検事殿、お答えください」

綿引の目つきが鋭くなった。その場限りの言い逃れが通用する相手ではない。

最上は観念し、小室大輔の内部告発投書のことを明かした。さらに小室が石坂の協力を得ようとした気配があったことも喋《しやべ》った。

「それで検事殿は、石坂が小室を殺したのではないかと疑われたわけですね？」

綿引が確かめた。

最上は黙ってうなずいた。余計なことを喋ったら、自ら墓穴《ぼけつ》を掘りかねない。博愛会総合病院の手塚院長から一億円の小切手を脅し取った事実は何が何でも隠し通したかった。

「石坂は、小室殺しに関してはシロですよ。アリバイがありましたんでね」

「そうだったのか」

「おや、意外なお言葉ですな。検事殿だって、石坂が実行犯でないことはご存じだったんじゃありませんか？」

「いや、てっきり石坂が小室大輔を殺《や》ったと思ってました」

「検事殿は容疑者のアリバイ調べもなさらなかった⁉　そんなことは常識では考えにくいですね。検事殿は殺しに関しては石坂はシロだと思いながらも、彼をマークしつづけた。そうではありませんか？」

綿引の眉間の皺《しわ》が深くなった。

「あなたに嘘はつけないな。ま、ご推察の通りです。石坂と小室の間で何かトラブルがあったと直感したんで、フリージャーナリストの石坂をずっとマークしてたんですよ。しかし、石坂が小室を直《じか》に殺害した物的証拠は何も出てこなかった。ですが、石坂は小室殺しの謎を解く鍵を握ってるはずだと考え、しつこく追い回してたんです」

「そして、この部屋にたどり着いた？」

「そういうことです。綿引《ワタ》さんは、どうしてここに？」

「石坂は自分が殺されたように見せかけた節《ふし》があります」

「ああ、多摩川の河口近くの河川敷で発見された頭部と両手のない男の惨殺体のことですね？」

「そうです。で、最初は石坂が小室を殺害したのではないかと疑ったのですが、事件当夜、彼にはアリバイがあったんですよ。わたしも検事殿と同じように考え、石坂が鍵を握ってると睨んだんです」

「なるほど、そういうことでしたか」

「検事殿、現場捜査はわれわれに任せていただけませんか。できれば、検事殿が独自にお調べになられたこともすべて教えていただきたいな」

「隠してることなんか何もありませんよ。だから、こうして石坂の隠れ家を突きとめて、彼に揺さぶりをかけてみるつもりだったんです。しかし、石坂は誰かに殺害されてしまった」

最上は言った。

「検事殿がこの部屋に来られたとき、玄関ドアは？」

「ロックされていませんでした。だから、勝手に部屋に入ったんです。リビングの床に石坂が倒れてたんで、様子をうかがおうとしたら、背後から前大統領のゴムマスクを被った男が組みついてきて、湿った布で口許を塞《ふさ》いだんですよ。布にはエーテルか、クロロホルム液が染み込ませてあったんでしょう」

「検事殿は、そのあと意識を失ってしまった。そして我に返ったら、近くに顔面を撃ち砕かれた石坂の死体が転がっていた。あなたは撃った覚えのない消音器付きの自動拳銃を何者かに握らされていた。そういうことですね？」

綿引が言って、意味ありげに笑った。

「おかしな笑い方をしないでほしいな」

「検事殿、話がちょっと出来すぎてませんか？」

「綿引《ワタ》さん、もっとおれのそばに来てください。麻酔液の臭いがするはずですから」

最上は少し声を高めた。綿引が近寄ってきて、小鼻をひくつかせた。

「確かに口の周りが薬品臭いですね」

「石坂の顔にも鼻を近づけてみてくれますか」

「これだけ血の臭いが濃いから、薬品の臭いを嗅ぎ取るのは難しいでしょう。それに検事殿のお顔から麻酔液の臭いが漂ってるからといって、この部屋にゴムマスクを被った男がいたという証拠にはなりませんよね。自分で麻酔液を嗅げば、意識を失うこともできるわけですから」

「綿引《ワタ》さん、おれの話は狂言だとでも……」

「検事殿、冷静になってください。わたしは可能性のことを言ったまでです」

「綿引《ワタ》さんの話には、現実性が欠けてますよ。仮にこっちが自分で麻酔液を嗅いだんだとしたら、エーテルかクロロホルムの壜《びん》がこの近くにあるはずだ。そういう壜、見当たります？」

最上は挑《いど》むように言った。

「いいえ、どこにもありませんね」

「ポケットの中を調べますか？　麻酔薬の染《し》み込んだ布が出てくるかもしれませんよ」

「すっかり検事殿を怒らせてしまったようだな。あなたがおっしゃるように、自分で麻酔液を嗅いだのかもしれないという推測は成り立たないか。検事殿を疑うようなことを言ってしまって、申し訳ありませんでした」

「わかってくれれば、それでいいんだ」

「さすがは江戸っ子ですね。実に気性がさっぱりしてらっしゃる。いなせです。ところで、ゴムマスクの男のことですが、年恰好は？」

「動きから察して、三十歳前後だろうな」

「その男は、検事殿に何か言いました？」

「いや、何も言いませんでした。いきなり襲いかかってきたんですよ」

「相手が誰だったのか、おおよその見当はついてるんでしょ？」

「まるで思い当たらないな。綿引《ワタ》さんの言い方、ちょっと引っかかりますね。おれがまだ何か隠してるように聞こえます」

「そう思われるのは、何か隠しごとがあるからなんじゃありませんか？」

「綿引《ワタ》さん！」

「冗談、冗談です。機捜《きそう》と所轄の連中を呼びましょう。検事殿、もう少しおつき合い願いますよ。あなたが死体の第一発見者ですのでね」

「こっちは、もう綿引《ワタ》さんの事情聴取を受けたじゃないですか。綿引《ワタ》さんが第一発見者になってくださいよ」

「それでは、事実を曲げることになります。わたしは融通の利かない男でしてね。悪く思わないでください」

綿引は証拠品をコーヒーテーブルの上に置くと、コートのポケットから刑事用携帯電話《ポリスモード》を摑み出した。すぐに一一〇番通報し、事件現場の状況を正確に伝えはじめた。

いちばん厄介《やっかい》な相手とまずいところで会ってしまった。きっと綿引は、こちらの行動に不審の念を持ったにちがいない。とことん空とぼけよう。

最上は床の血溜《ちだ》まりに目を落とした。その周囲には、小さな肉片や脳漿《のうしょう》が点々と飛び散っていた。

4

ようやく長い事情聴取から解放された。

午前二時を回っていた。すでに現場検証は終わり、石坂の遺体は搬出されていた。

機動捜査隊や鑑識係たちは、だいぶ前に帰った。事件現場にいるのは、所轄署の刑事たちと綿引だけだ。

「もう帰ってもいいんでしょ?」

最上は所轄署の部長刑事に声をかけた。

「ええ、どうぞ。ご協力に感謝します」

「何か不明な点があったら、いつでも地検に電話をください」

「そうさせてもらいます。ご苦労さまでした」

部長刑事が畏《かしこ》まって敬礼した。

最上は玄関に足を向けた。綿引が従《つ》いてきて、小声で言った。

「きょうのことは、地検の馬場部長の耳にも入ってしまうでしょうね」

「ええ、それは避けられないと思います。綿引《ワタ》さんも知ってる通り、検察官は常に身辺を清らかにしてないといけない。今回のことで、上司に無断で内偵捜査をしたことは大きなマイナスになるはずです。現在よりも陽の当たらないセクションに回されそうだな。公判記録の整理とか裁判手続きの書類作成でもやれと言われるのか」

「検事殿にそんな雑務を押しつけるようなら、東京地検刑事部ももう終わりです」

「綿引《ワタ》さん、いまのことを馬場部長によく言っといてください」

最上は靴を履《は》き、石坂の部屋を出た。

マンションを出ると、小雪がちらついていた。最上はスカイラインに駆け寄り、運転席に乗り込んだ。

石坂を射殺したのは口髭の男にちがいない。最上は北青山に行く気になった。

車を走らせはじめる。来た道を逆にたどり、目白通りに出た。

それから間もなく、最上は覆面パトカーに尾行されていることに気づいた。オフブラックのプリウスには、所轄署の刑事たちが乗っているのだろう。

彼らは、自分が石坂を殺した可能性もあると思っているのか。うっとうしい連中だ。

最上は舌打ちした。

このまま飯田橋の自宅マンションに戻るのが最も賢明か。しかし、一刻も早く口髭を生やした殺し屋を締め上げたい気持ちだった。

尾行を撒《ま》いたりしたら、かえって疑われることになるが、やむを得ない。

最上は一気に加速した。目白通りは空いていた。

後ろのプリウスもスピードを上げた。

最上は南長崎《みなみながさき》三丁目に差しかかったとき、急に車を左折させた。覆面パトカーはすぐに追ってきた。最上は住宅街の裏通りを幾度も右左折し、立教大学のキャンパスの脇まで車を走らせた。西池袋三丁目だ。

いつからか、尾行の車は見えなくなっていた。明治通りに出て、北青山をめざす。

『北青山アビタシオン』を探し当てたのは、午前三時ごろだった。

最上はマンションの近くの暗がりにスカイラインを停め、グローブボックスからボイス・チェンジャーを摑み出した。きのう、地検の証拠品保管室から盗み出した変声装置だ。煙草の箱ほどの大きさで、厚みは一センチ数ミリしかない。

最上は車を降り、『北青山アビタシオン』の表玄関に走った。集合インターフォンの前に立ち、六〇六とテンキーを押す。

少し待つと、聞き覚えのある男の声で応答があった。

変装した最上は口にボイス・チェンジャーを当てながら、小声で言った。

「こんな時刻に申し訳ありません。『東洋セントラル・トレーディング』の者です。富永社長の使いでまいりました」

「何か危《ヤバ》いことになったのかい？」

「ええ、ちょっと。どうも捜査当局が小室大輔の件で、あなたをマークしはじめてるようなんです」

「なんだって!?」

「それから、石坂の件でも警察はあなたのことを……」

「そんなはずはねえ。おれは、ずっと前アメリカ大統領のゴムマスクを被ってたんだ。面は割れてねえと思うな」

口髭の男が言った。

思った通り、殺し屋が石坂を射殺したようだ。殺しの依頼人が富永だということも、はっきりした。最上は、にんまりした。

「富永さんは、おれにどうしろって言ってんだ？」

「しばらく東京を離れていただきたいと」

「これからすぐにか？」

「ええ、できるだけ早いほうがいいと言ってました。それで、逃亡資金と車を用意したんです」

「逃亡資金より、成功報酬が先だろうがよ。小室って医者の分は二千万円貰ったが、石坂の分は着手金も貰ってねえんだ」

「そちらの成功報酬は近々、お渡しすると申してました」

「逃亡資金、いくら持ってきたんだ?」

「わかりません。わたしは社長から封印された紙袋を渡されましたのでね。でも、重さから察して一千万円以上はあると思います」

「そうかい」

「玄関のオートロックを解除していただけますか」

「ちょっと待ってくれ。トランクス一枚なんだよ」

スピーカーが沈黙した。

最上はボイス・チェンジャーを鹿革のハーフコートのポケットにしまい、セブンスターをくわえた。一服してから、玄関のオート・ドアに近づく。だが、ロックされたままだった。

身繕《みづくろ》いするのに三分以上もかかるだろうか。

最上は、ふたたび集合インターフォンのテンキーを押した。ボイス・チェンジャーを取り出し、口許に宛《あて》がう。

「てめえ、何者なんだっ」

スピーカーから、口髭の男の怒声が響いてきた。

「何をおっしゃってるんです？」

「下手な芝居はやめな。おれは、いま富永さんに電話したんだ。で、てめえが偽社員だとわかったんだよ」

「いいえ、わたしは社長の命令で……」

「てめえは検事の最上なんだろうが！」

「その通りだ。おまえは、もう逃げられない」

最上はボイス・チェンジャーを顔から離し、脅しをかけた。と、相手が反問してきた。

「逃げられねえって、どういうことなんだ？」

「小室大輔の殺人容疑で逮捕状が出てる。きのう、こっちは石坂を締め上げたんだよ。あの男は、富永の命令でおまえが小室を絞殺したことを認めた。それから、捜査本部は犯行現場で、おまえの頭髪と着衣の繊維を見つけたんだよ」

最上は言った。誘導尋問だった。

「その手に乗るかよっ。遺留品なんか見つかってねえはずだ。おれはプロだぜ。仕事に抜かりはねえよ」

「そいつは、ちょいと自信過剰だな。石坂の隠れ家にも、おまえの髪の毛が数本落ちてたんだ。それだけじゃない。おまえがこっちに握らせたグロック19の銃把《グリップ》の底に掌紋《しょうもん》がくっきりと残ってた。警察は掌紋照合で、そっちを割り出したんだよ。おまえに前科《マエ》がないとは言わせないぞ」

「そんな子供騙《だま》しの手に引っかかるかよ。おい、検事！　おれの氏名、生年月日、それから本籍地を言ってみな」

男が茶化すような口調で言った。最上はうろたえかけたが、平然と言い返した。

「おまえの氏名を口にするのも穢《けが》らわしい。きさまは人間のクズだ。素直に手錠《ワッパ》打たれて、刑に服するんだな。そうじゃなきゃ、そっちは地獄で泣くことになるだろう」

「年寄りじみたことを言うんじゃねえ。人間死んじまえば、誰もが無になる。極楽も地獄もあるもんか」

「好きにしろ。ただ、このマンションはすでに包囲されてることを忘れるな。捜査員たちに押し倒されて手錠を掛けられるのは惨《みじ》めなもんだろうが」

「うるせえ！　てめえを必ず殺《や》ってやる！」

口髭の男がインターフォンのスイッチを乱暴に切った。耳障《みみざわ》りな音がスピーカーの奥で響いた。

最上は車の中に戻った。

口髭の男がマンションから出てくることを期待したのだが、それは甘かった。三十分ほど待ってみたが、『北青山アビタシオン』からは誰も出てこなかった。

男は包囲されていないことを確かめて、ベッドに潜《もぐ》り込んだのだろう。

最上はスカイラインを発進させ、赤坂五丁目に向かった。

ほんのひとっ走りで、茜ビルに着いた。最上は車をビルの前に停め、グローブボックスから紙袋を取り出した。

中身はモジュラー型電話盗聴器と室内用盗聴器だ。どちらもきのうの夕方、秋葉原《あきはばら》の電器店で買ったものだった。

最上は車を降り、茜ビルに足を踏み入れた。表玄関のドアは施錠されていなかった。

エレベーターで三階に上がり、『東洋セントラル・トレーディング』に急ぐ。最上は右手にハンカチを巻きつけ、ドア・ノブに手を掛けた。ロックされていた。

最上は万能鍵で解錠し、素早く事務所の中に入った。部屋の左側に四つの事務机が置かれ、窓際にマホガニー材の両袖机が据えられている。両袖机は社長席だろう。

右側にパーティションで区切られた小部屋が二つある。窓寄りは商談室で、廊下側はトレーディングルームだった。ディーリングルームには六台のコンピューターが並んでいた。

最上は両袖机に近づいた。

机の上には、固定電話が置かれている。富永の専用電話だろう。

最上は机の下に潜《もぐ》り込み、電話コードをいったんコンセントから抜いた。プラグを中継用のモジュラーと接続させ、モジュラージャックを電源に差し込む。電話のコードとモジュラーコードは同色だった。

細長いモジュラーの中には、盗聴器が仕込まれている。UHF放送帯で、通話内容は完璧《かんぺき》に盗聴できる。使用周波数は四百メガヘルツ前後だ。

最上は、自動録音機付きの受信装置も手に入れていた。この受信装置を茜ビルから半径五百メートル以内に置いておけば、富永の電話の内容はすべて自動的に録音される。

富永の専用電話の受話器が外れた瞬間から、百二十分のマイクロテープが回転するわけだ。したがって、自動録音機付きの受信装置は放置したままで問題はない。録音音声を聴きたいときに機器を回収すればいい。

最上はキャビネットをわずかにずらし、モジュラージャックを見えにくくした。

それから商談室に移り、応接ソファを逆さまにして、室内用盗聴器を粘着テープで貼りつける。マッチ箱よりも小さかった。

室内用盗聴器は多種多様だ。マッチ箱型のほかに、丸型や三角型もある。

また、電卓、オルゴール、置時計、壁掛け時計、電気スタンド、ペン、縫いぐるみなどの中に盗聴マイクが仕込んである機種も少なくない。それらは、俗に〝偽装品盗聴器〟と呼ばれている。どれも市販品だ。大半は水銀電池が使われている。電池寿命が尽きるまで盗聴可能だ。

室内ボックス型には数センチのアンテナが付いているが、サイドボードやエアコンの裏、ソファや机の下、室内灯の笠の上などに仕掛けておけば、まず発見されることはない。仮に見つけられても、誰が仕掛けたかは割り出せないはずだ。

最上はソファを元通りにし、事務所内を検《しら》べはじめた。

ことに両袖机の引き出しを念入りにチェックしてみたが、何も手がかりは得られなかった。

きちんと戸締まりをして、事務所を出た。

最上は茜ビルを出ると、一ツ木公園まで急ぎ足で歩いた。いつの間にか、雪は熄《や》んでいた。

夜明け前の公園は、ひっそりと静まり返っている。

最上は園内の奥まで進み、灌木《かんぼく》の中に自動録音機付き受信装置を隠した。小石で囲い、湿《ぬ》れた落葉をさりげなく重ねる。

そのうち富永は、市民運動家の赤座と電話で連絡を取り合うだろう。

最上は公園を走り出て、自分の車に乗り込んだ。さすがに疲れていた。早く自宅マンションで横になりたかった。

最上はスカイラインを飯田橋に向けた。

二十分ほどで、マンションのある通りに入った。マンションの少し先に、見覚えのあるプリウスが停まっている。覆面パトカーだ。

最上は慌《あわ》てて車を脇道に入れた。

マンションの裏通りにスカイラインを駐め、裏の通用口に向かう。マンションの裏庭に足を踏み入れたとき、植え込みの奥で黒い影が揺れた。最上は身構えた。

現われたのは、アメリカ前大統領のゴムマスクで顔面を覆った男だった。銃身を短く切り詰めた散弾銃《ショットガン》を持っている。レミントンの二連銃だ。

「北青山で包囲網を突破したようだな」

最上は、からかった。男が無言で散弾銃を構えた。銃口が静止する。

「やめとけ。マンションの前に、覆面パトが停まってる」

「もうその手にゃ乗らねえぞ」

「やっぱり、口髭をたくわえた殺し屋だったか。いつも同じゴムマスクを被るのは、ちょっと能がないな」

最上は言って、横に走った。

重い銃声が轟いた。九粒弾が拡散する。放たれた散弾は、マンションと隣家を仕切っている石塀にぶち当たった。

ひとまず逃げる気になった。

最上は通用口から裏通りに飛び出した。殺し屋が追ってくる。

二弾目が放たれた。

最上は身を伏せた。九粒弾が頭上を抜けていった。散弾の一発が街路灯を弾き飛ばした。

最上は身を起こして、後方を振り返った。

男は背を向けて反対方向に走っていた。二発の銃声は近くの住民だけではなく、張り込み中の刑事たちの耳にも届いたにちがいない。

自分も消えたほうがよさそうだ。

最上はスカイラインに乗り込み、勢いよくバックさせはじめた。すぐに横道に入り、そのままできるだけ自宅マンションから遠ざかる。

玲奈の代々木上原のマンションで仮眠をとらせてもらうか。いや、非常識な時刻に彼女を叩き起こすのは気の毒だ。

最上は車を九段方面に向けた。千鳥《ちどり》ケ淵《ふち》の畔《ほとり》にスカイラインを駐め、車の中でひと眠りするつもりだ。

最上はステアリングを捌《さば》きながら、何度もミラーに目をやった。覆面パトカーも不審な車も追ってこない。

最上は徐々にアクセルペダルを踏み込んだ。

目的の場所は、すぐそこだった。

第五章　首謀者の葬送

1

職場の空気が重い。

同僚の検事たちは、まともに最上の顔を見ようとしなかった。石坂の殺害現場にいたことが知れ渡ってしまったようだ。

最上は刑事部の自席に着いた。朝の柔らかい光がいっぱいに射《さ》し込んでいる。

瞼《まぶた》が重い。千鳥ケ淵の畔では、ほんの二時間ほど仮眠をとっただけだった。その後、自宅マンションに戻った。

覆面パトカーは停まっていなかった。裏庭の現場検証も終わっていた。

最上は自分の部屋に入ると、まず風呂に入った。それからコーヒーを飲みながら、バタートーストを齧《かじ》った。

それで、もう時間はなくなってしまった。最上はあたふたと衣服をまとい、職場にやってきたのだ。

机上の電話機が爆《は》ぜた。内線電話のランプが瞬《またた》いている。最上は受話器を取った。馬場部長の不機嫌そうな声が響いてきた。

「最上君だな？」

「そうです」

「すぐ第一会議室に来てくれ」

「わかりました」

最上は電話を切り、すぐ刑事部フロアを出た。

第一会議室は同じ階にある。最上は、ほどなく第一会議室に入った。

馬場刑事部長のかたわらに、次席検事の小寺滋《こでらしげる》が坐っている。むっつりと押し黙っていた。地検のトップは検事総長である。次席検事はナンバーツーのポストだ。五十四歳の小寺は、数年前まで特捜部の部長を務めていた。

「坐りたまえ」

馬場が顎をしゃくった。最上は目礼して、二人の上司と向かい合った。

「現職検事が殺人事件の第一発見者になったのは、今回が初めてだろう」

小寺次席検事が口を開いた。

「ええ、前例はないと思います」

「警視庁から連絡が入ったときは、一瞬、自分の耳を疑ったよ。独断で内偵捜査などせんでくれ」

「ご迷惑をおかけしました」

「念のために訊いておくが、きみは本当に石坂というフリージャーナリストを殺《や》ってないんだな？」

「殺《や》っていません。自分は内偵中に罠に嵌《は》まってしまったんですよ」

「きみの言葉を信じよう。しかし、問題を起こしたのは二度目だ。公判部の資料課あたりに飛ばされても文句は言えんぞ」

「そうですね」

「ま、もう少し様子を見よう。最上君、自宅の埃《ほこり》がだいぶ溜まってるんじゃないのか」

「はあ？」

最上は言葉の意味がわからなかった。小寺が隣の馬場部長に目で合図した。

「鈍い男だな。小寺次席検事は、しばらく自宅謹慎処分にするとおっしゃってるんだ」

馬場が言った。

「そういうことでしたか。それで、どのくらい休みをいただけるのでしょう？」

「休みじゃない、処罰だっ」

「ああ、そうでしたね」

「なんて男なんだっ。五日間の謹慎処分にする。きょうは、もう帰っていい」

「わかりました」

「きみは個人プレイが好きなようだが、検察官の仕事はチームワークなんだ。そのことを忘れんようにな！」

「はい」

「もう下がってもいいよ」

「失礼します」

最上はソファから立ち上がって、二人の上司に軽く頭を下げた。少しもショックは感じていなかった。それどころか、五日間も自由に動けることがありがたかった。

最上は第一会議室を出た。すると、検察事務官の菅沼が廊下に立っていた。

「菅沼君、何をやってるんだ？」

「最上検事を待ってたんですよ。さっき検事が第一会議室に入られるところを見たんです」

ね？」

「中村橋のマンションで発生した殺人事件の現場に最上検事がいらっしゃったそうです
「そうだったのか」

「きみまで知ってたか」

「偉いさんの説教を受けたんですね？」

「ああ。きょうから五日間の自宅謹慎だと言い渡されたよ」

「そうですか。最上検事、少しおとなしくしてたほうがいいんではありませんか。東京地検から出されちゃったら、おそらく検事はもう……」

「ああ、ここには戻ってこれないだろうな」

「最上検事がいなくなったら、ぼく、司法書士にでもなります」

「きみを転職させるわけにはいかないな。少し家でおとなしくしてるよ。まだ東京地検にいたいからね。それじゃ、また会おう」

最上は菅沼の肩を叩いて、廊下を歩きだした。刑事部フロアには寄らずに、エレベーターで一階に降りた。

まだ午前十時前だった。

最上はスカイラインに乗り込み、赤坂に向かった。目的地に着くと、車を一ツ木《ひとつぎ》公園の脇に停めた。園内には、幼児連れの母親たちが数人いた。

いま灌木《かんぼく》の中に隠した自動録音機付きの受信装置を回収することはできない。

第一、富永はまだ出社していないだろう。となれば、テープには何も録音されていないと思われる。最上はグローブボックスから受信機を取り出した。室内ボックス型の盗聴器は、VHFで電波を拾う。

VHFはアマチュア無線、消防無線、タクシー無線などに割り当てられている周波数帯だ。チューナーを百三十五メガヘルツから百五十五メガヘルツの間に合わせれば、確実に盗聴電波をキャッチできる。

最上は周波数を微調整しはじめた。

すぐに『東洋セントラル・トレーディング』内の話し声や物音がVHF用受信機から洩れてきた。盗聴器を仕掛けた商談室には誰もいないようだった。トレーディングルームのざわめきが響いてくる。そのうち富永が出社して、来客も訪れるだろう。

最上は受信機を膝の上に置き、ヘッドレストに頭を凭《もた》せかけた。

富永がオフィスに現われたのは十時半過ぎだった。インテリやくざはトレーディングルームに入り、スタッフたちに次々に指示を与えた。

金融関係の専門用語がいくつも挟まれていた。最上には馴染みのない用語ばかりだった。

富永は社長席に落ち着くと、どこかに電話をかけた。

しかし、その内容は受信機ではキャッチできなかった。むろん、後で録音機を回収するつもりだ。

最上は紫煙をくゆらせながら、受信機から洩れてくる音声に耳を傾けつづけた。喫煙できる場所がめっきり少なくなった。立てつづけにセブンスターを二本喫う。

交際している玲奈から電話がかかってきたのは、十一時半を回ったころだった。

「今朝《けさ》のテレビニュースで知ったんだけど、石坂というフリージャーナリストが射殺されたわね」

「ああ。おれは危《あや》うく石坂殺しの犯人に仕立てられるところだったんだ」

「僚さんがなぜ？　いったいどういうことなのか教えて」

「いま、説明するよ」

最上は前夜の出来事を詳しく話した。

「それじゃ、小室大輔と石坂敬明を殺し屋に始末させたのは、富永という男なのね？」

「ああ、それは間違いないだろう。口髭を生やしてる殺し屋が二人を葬ったことを口走ったんだ」

「そうなの。富永は石坂から小室が内部告発しようとしてることを聞いて、博愛会総合病院を脅したのね？」

「そうなんだ。手塚院長は、一億五千万円の預金小切手を渡したことをはっきりと認めた。小室は、石坂と富永の悪事を知ってしまったために殺害されたと考えられるな」

「そうなんでしょうね」

「富永はだいぶ前から石坂と組んで企業恐喝をやってたんじゃないか。インテリやくざはフリー・ジャーナリストだけじゃなく、『民の声』の代表世話人の赤座聡からも恐喝材料を提供させてるようなんだ」

「あの赤座聡がまさか⁉」

玲奈は合点《がてん》がいかない様子だった。最上は、赤座が富永の協力者である根拠を語った。

「確かに赤座が調べ上げたことは、どれも恐喝材料になるわね。高潔な市民運動家も堕《お》ちたものだわ」

「赤座が偽善者だったとは思いたくないが、稲森会の元理事に弱みを摑まれて、どうしようもなくなったんだろうな」

「そう思いたいわね。富永が恐喝組織のボスなんでしょ？」

「多分ね。だが、おれは富永の背後に誰か大悪人がいると推測してるんだ。単なる勘なんだが……」

「稲森会の会長じゃなくって？」

「そう。殺された小室は、世の中、偽善者ばかりだという意味のことを言ってたんだ。おそらく富永を動かしてるのは、紳士然とした黒幕なんだろう」

「案外、赤座が黒幕だったりして」

「いや、それは考えにくいな。赤座は単に協力を強《し》いられただけなんだと思うよ」

「そうなのかしら。ところで、僚さん、上役からお目玉を喰らったんじゃない？」

玲奈が訊いた。

「きょうから五日間、自宅謹慎になった」

「あら、あら。それで、どうするの？　頭を丸めて、反省文でも書くつもり？」

「おれを腰抜け扱いにしたいのか。そんなにやわじゃないよ。五日間をフルに使って、一連の事件の真相を暴《あば》いてやる！」

「それでこそ僚さんだわ。ちょっと惚《ほ》れ直しちゃった。それはそうと、わたし、税務調査を装って、富永のお金の動きを探ってみようか。『東洋セントラル・トレーディング』か富永の個人口座の入金をチェックすれば、恐喝された企業名がわかるだろうし、出金で協力者も摑めるはずよ」

「そうだな。そのうち、玲奈の手を借りるつもりだよ。そのときは連絡する」

「わかったわ。僚さん、逸《はや》る気持ちはわかるけど、命を粗末にしないでね。あなたに、もしものことがあったら、わたし、とても生きていく自信が……」

「そんな殺し文句、どこで覚えたんだ？　心配するなって。命と引き換えに事件を解決する気なんかない」

最上はそう言って、通話を終わらせた。ふたたび受信機の音声に耳を傾ける。

来客はなかった。社員たちの声やＯＡ機器の音が聴こえてくるだけだった。

最上は受信機の音量を絞って、また紫煙をくゆらせはじめた。

公園から人が消えたのは正午過ぎだった。幼児を遊ばせていた母親たちは、それぞれ昼食を摂《と》るために自宅に戻ったのだろう。

最上は素早く車を降り、園内の奥まで走った。灌木の中から自動録音機付きの受信装置を取り出し、すぐさまスカイラインに戻った。

最上はＶＨＦ用受信機のスイッチを切り、回収したばかりの録音テープを巻き戻した。すぐにマイクロテープを再生してみる。

小さな雑音《ノイズ》の後、富永の声が流れてきた。

――赤座さん、例の商工ローン大手二社に揺さぶりをかけてくれました？

――京都に行って、『全栄《ぜんえい》』の幹部社員に会ってきましたよ。元社員が強引な取り立てをしたことは認めましたが、刑事罰にはならないと主張してました。それから、連帯保証人に嘘をついたことは一度もないと開き直りました。

――あなた、それですごすごと引き下がったんですか？

――いや、相手に社員が借り手の自営業者を脅してる録音音声を聴かせました。

――例の腎臓を片方売って、金をこしらえろって録音音声ですね？

――そうです。担当の社員は三十分おきに一日に十何回も自営業者宅に電話をして、内臓を金に換えろとか、娘を風俗店で働かせろとか言ってます。しかし、応対に現われた幹部社員は合成音声だと言って、まともに取り合おうとしなかった。

――『全栄』にはメガバンク、地方銀行、外資系銀行、農協、生損保会社などから約三千三百億円の金が流れ込んでいます。そのほかに、政治団体、広域暴力団、仕手集団、消費者金融、チャイニーズ・マフィアなどからも二千億円以上の融資を受けてる。何か問題が生じたときのために、元警視総監や元判事の有力政治家に巨額のヤミ献金をしています。赤座さん、そのこともちらつかせたんですか？

――もちろん、言いました。富永さんに言われた通りにやりましたよ。それから、市民運動家たちが黙っていないと脅しもかけてみました。しかし、けんもほろろでしたね。

――『東日本商工ファンド』の反応は、どうだったんです？

——『全栄』と似たような開き直り方をしました。連中は性質《たち》が悪いですね。

——大阪の産廃業者の反応はどうだったんです？　ごみ処分場周辺の土壌から九千ピコグラムのダイオキシンが検出されたんですから、いくら何でも数値を改ざんしたことは認めたんでしょ？

——それが妙なんですよ。『民の声』のメンバーが検査した二十数カ所の土壌がすべて千ピコグラム以下に下がってたんです。おそらく産廃業者が汚染された土を二、三十センチ掘り起こして、別の場所から新たな土を持ってきたんでしょうね。われわれが再測定したら、業者の言った通りの数値が出ましたんで。

——そうに決まってる。通信会社は、社員が顧客の個人情報を二千件も調査会社に流したことを認めたんですか？

——ええ、それは認めました。それから、健康食品会社は全国の病院から非合法な手段で、患者たちの病歴リストを入手したことも認めました。その二社からは、簡単に口止め料をせしめられると思うね。しかし、商工ローン二社と大阪の産廃業者は、わたしには手強《てごわ》すぎます。

——赤座さんが乗り出せば、かなり効果があると思ってたんだが、期待外れだったな。

——わたしは市民運動家だからね。大物政治家や反社会的勢力と繋がってる商工ローン業者や産廃業者を震え上がらせることは難しいよ。

――そうかもしれませんね。

――富永さん、あなた自身が稲森会の名をちらつかせて集金に出向いたほうが早いんじゃないの？

――わたしは、もう堅気ですよ。そんな荒っぽいことはできません。それに、強力な助《すけ》っ人《と》がいることはいるんです。

――反社会的勢力の顔役に動いてもらうんだね？

――いや、そんな人物を動かしたら、身の破滅です。強力な助っ人になってくれそうな人物は、あなたも驚くような名の売れた人物ですよ。といっても、政治家や財界人ではありませんがね。

――誰なんだろう？

――ま、いいじゃないですか。赤座さん、あなたはもう動かなくても結構です。後は、頼りになる助っ人に乗り出してもらいますので。

――そうですか。もうこれで、わたしのことは解放してくれるんですね？

――赤座さん、何を言い出すんですっ。あなたとわたしは仲間じゃありませんか。

――仲間だって⁉

——ええ、そうでしょうが。あなたには確か手塚院長から貰った一億五千万円のうち、三千万円を渡したはずです。

——あの金は、富永さんが無理にわたしの車の中に放り込んだんじゃないですか。三千万円は、いつでも返しますよ。まだ一円も手をつけてないからね。

——あの金は赤座さんのものです。われわれは、もう仲間なんですよ。同志と言ってもいいな。

——同志ですって⁉

——そうです。あなたは市民生活を脅《おびや》かすものすべてと闘っていらっしゃる。わたしも狡猾《こうかつ》な悪人どもは懲《こ》らしめなければいけないと考えている。悪に挑む気持ちは同じじゃありませんか。だから、同志と言っても間違ってはいないでしょう。ね？

——わたしに一生、つきまとうつもりなんだなっ。

——赤座さん、そういう喧嘩腰な物言《ものい》いはよくないな。何度も言いますが、わたしたちは仲間なんですよ。共犯者なんだ。

——わたしは石坂やあんたに脅されて引きずり込まれただけだよ。仲間なんかじゃないっ。

——おい、赤座！　いい加減にしやがれ！

——ついに本性《ほんしょう》を出したな。それが、あんたの素顔だ。石坂を葬《ほうむ》ったのは、あんたなんだろっ。

――だったら、どうだってんだ！　てめえも死にてえのかっ。

――いずれ、このわたしも消すつもりなんだろうな。なら、もう我慢することはない。これまでのことを何もかも警察に話してやる！

――赤座さん、わたしが悪かった。謝ります。あなたは大事なパートナーなんですよ。一緒に手を組んで、世の中の悪人どもを退治しましょう。

――もう手を切りたいっ！

――赤座さん、もう手は切れないんですよ。無理に手を切ろうとすれば、あなたは命を失うことになるでしょう。それでもいいのかな。

――あんたは骨の髄《ずい》まで腐ってる。

――赤座さん、もっと冷静になりなさいよ。あなたは若い時分から反骨精神を貫《つらぬ》いてきた方だ。市民運動家として、もっとやりたいことがあるでしょうが。え？

――あんたは……。

――また連絡します。それまでに、何かおいしいネタを見つけといてくださいよね。

受話器を置く音がして、音声は熄《や》んだ。

最上は停止ボタンを押した。強力な助っ人とは、いったい誰のことなのか。赤座は、その人物と接触するのではないか。

インテリやくざが動きだすまで、しぶとく粘ってみるか。

最上はスカイラインを近くのコンビニエンスストアに走らせはじめた。食べ物と缶コーヒーを買って、長い張り込みに備《そな》える必要があった。

2

茜ビルの地下駐車場からベンツが出てきた。

ちょうど午後三時だった。富永自身がステアリングを握っている。

最上は充分な車間距離を取ってから、スカイラインを発進させた。

行先の見当はつかなかった。富永は社長席の固定電話は一度しか使っていない。外からも電話はかかってこなかった。

前々から出先が決まっていたのか。あるいは、富永はスマートフォンで誰かに連絡したのだろうか。ベンツは青山通りに出て、渋谷《しぶや》方面に向かっている。

最上は追尾しながら、ちょくちょくミラーを仰《あお》いだ。だが、気になる車は目につかなかった。

富永の車は玉川通りを直進し、東名高速道路に入った。どうやら遠くに出かけるようだ。

最上は少し緊張がほぐれた。

一般道路では尾行を撒《ま》かれることがあるが、ハイウェイではマークした車を見失うことは少ない。ドライブ気分で、ベンツを追跡しつづける。

富永の車はひたすら西下し、沼津《ぬまづ》ICで降りた。伊豆《いず》半島のどこかに、インテリやくざの別荘があるのか。それとも、稲森会の会合がどこかで開かれることになっているのだろうか。

最上は一般道路に下りると、ベンツの数台後ろに張りついた。そのまま追っていく。

ベンツは国道四一四号線に出て、海沿いにしばらく走った。右手に駿河《するが》湾が見える。

江浦《えのうら》湾を過ぎると、伊豆の国市に入った。

ベンツは長瀬《ながせ》という町の外れで、右に折れた。少し走ると、葛城山《かつらぎやま》の麓《ふもと》に出た。

富永は、自分を山の中に誘い込もうとしているのだろうか。

最上は、そんな気がしてきた。だが、それは思い過ごしのようだった。ベンツは一定のスピードで山道を登っている。

中腹のあたりで、急に視界が展《ひら》けた。台地状の林の中に、洒落《しやれ》た造りの別荘が点在していた。

ベンツは別荘地の奥まで進み、大きなログハウスの前で停まった。

別荘の敷地は優《ゆう》に五百坪はあるだろう。ログハウスの周囲には、自然林がそのまま残されている。

最上はログハウスから三軒手前の別荘のガレージに無断で車を入れ、煙草を一本喫った。

平日のせいか、別荘の多くは無人だった。最上は車を降り、ログハウスに近づいた。溶岩を積み上げた門柱には、杉尾《すぎお》山荘と書かれたプレートが埋め込まれていた。

杉尾という名は、どこかで聞いた覚えがある。

最上は記憶の糸を手繰《たぐ》った。しかし、すぐには思い出せなかった。最上は杉尾山荘の敷地の中に忍び込んだ。まだ五時を数分過ぎたばかりだが、あたりは暗かった。

最上は林の中に走り入り、中腰でログハウスに接近した。テラスの陰から、電灯の点《つ》いた居間に目をやる。

白いレースのカーテン越しに、二人の男が談笑している姿が見えた。ひとりは富永だ。

もう片方は、人権派弁護士としてマスコミに登場している杉尾信行《のぶゆき》だった。

五十一歳の杉尾は、冤罪《えんざい》に泣く人々の弁護を引き受け、何度も無罪判決を勝ち取ってきた。そのたびに彼は英雄視された。マスクが整っていて、上背もある。女性たちの人気は高かった。

いまも新興宗教団体に苦しめられた元信者たちの力になっている。特殊詐欺やリフォーム詐欺に引っかかった被害者たちも支援していた。杉尾は刑事事件ばかり手がけているが、意外にもリッチな暮らしをしていた。

人権派弁護士は、熱海《あたみ》の老舗《しにせ》旅館のひとり息子だった。父親の旅館の役員を務《つと》め、数千万円の年収を得ているのだろう。

最上は、法廷で幾度か杉尾を見かけたことがある。黒いポルシェで裁判所に乗りつける人権派弁護士はオーラめいたものに包まれていた。確か妻は、社会心理学者だ。夫婦には、大学院生の息子がいたのではないか。杉尾のオフィスは虎ノ門《とらのもん》にある。

インテリやくざと人権派弁護士の結びつきは不可解だった。生き方や価値観は正反対なはずだが、親しげに語り合っている。

二人の接点は何なのか。

杉尾は、なぜ富永のような男とつき合うようになったのか。赤座と同じように、何か富永に弱みを握られ、悪事の片棒を担《かつ》がされているのだろうか。

富永が電話で赤座に言っていた〝強力な助っ人〟というのは、杉尾のことなのかもしれない。

最上はテラスの階段を上がり、居間に近づいた。ガラス戸の向こうから、二人の会話がかすかに流れてくる。

「杉尾先生、『全栄』と『東日本商工ファンド』は、あこぎすぎますよ」

「そうだね。この不況下で空前の利益を上げ、驚異的なペースで業績を伸ばしている。銀行の貸し渋りで資金繰りに窮《きゅう》した中小企業主や自営業者たちは、保証人さえいれば無担保で一千万円まで借りられるという甘い話に引っかかっちゃうよな」

「コロナ禍で経営に苦しんだ事業主は少なくなかったですからね」

「法定金利は二十パーセントなのに、実質金利が四十パーセントという高利だ。しかも商工ローンは連帯保証人を取ってるんで、必ず儲かるシステムになってる。『全栄』の昨年度の経常利益は約九百億円だ。しかし、それはあくまで表向きの数字で、実際にはその三、四倍は儲けているにちがいない」

「でしょうね。業界二位の『東日本商工ファンド』にしても前年比で六十七パーセント増の経常利益を上げ、年に五十店ずつ支店を増やしています」

「そうだね。商工ローンの飛躍的な成長に注目した消費者金融の大手二社が商工ローンを取り扱いはじめた」

「ええ。その場凌《しの》ぎに軽い気持ちで商工ローンを利用したら、それこそ地獄です。借りた本人は預金や売掛金を押さえられ、連帯保証人は肩代わりを強く求められる」

「いちばん気の毒なのは、身内や友人のために連帯保証人になった人たちだね。商工ローン業者は借主にどんどん追い貸しをして、そのことを連帯保証人にきちんと説明しない。保証人は業者に言われるままに、連帯根保証《ねほしょう》確認書に署名捺印《なついん》しちゃってるから、主債務者の借金をそっくり肩代わりさせられている」

杉尾が言って、溜息をついた。

「商工ローン業者を相手取った告訴件数は多いんでしょうね?」

「大手二社だけで五千件近い。今後も増えるだろうね。借主と連帯保証人の自殺者数は約六十人に及ぶ」

「社会問題ですよね。だいたい零細・中小企業向けの高利貸し業者が東証スタンダード(旧二部)に上場してることがおかしいですよ。メガバンクのやり方も汚い。貸し渋りで庶民を苦しめておきながら、その裏で『全栄』や『東日本商工ファンド』に巨額を融資しています。ノンバンク、外資系銀行、生損保会社も商工ローン業者にはたっぷり事業資金を回してます」

「そうだね。そのことも問題だが、最大保守党の各派閥がプール金を商工ローン業者に貸し付けてる。裏社会の汚れた金も『全栄』や『東日本商工ファンド』に集まってる」

「ええ。杉尾先生、厳しい取り立てのことよりも、そのことを揺さぶりの材料にしていただけませんか。世間に名の通った先生がわたしの用意したデータを突きつければ、それ相当の対応をしてくれると思うんですよ」

「揺さぶり役は、赤座聡じゃなかったのかね」

「あのおっさんじゃ、相手はビビりません。ここはひとつ杉尾先生に腰を上げていただかないと、話が前に進まないでしょう」

富永が言った。

「しかし、わたし自身が顔を出すと、かなりのイメージダウンになるな。富永君、きみが動いてくれないか」

「わたしなんかじゃ、力不足ですよ。赤座と同じような扱いを受けるに決まっています」

「どうも気が進まんなあ」

「先生、少しは汗をかいていただきませんとね」

「わかってるよ」

「ご子息の等《ひとし》さんは、その後、いかがです？」

「富永君、きみはわたしを脅してるのか⁉」

「誤解なさらないでください。わたしは純粋に息子さんの体のことを心配してるんですよ。もう薬物の禁断症状は出なくなったんでしょうか？」

「倅《せがれ》の話はやめてくれ」

「もう少しだけ言わせてください。等さんも辛《つら》かったんでしょう」

「辛かった？」

「ええ。お父さまは東大法学部在学中に司法試験にパスされて、スター弁護士になられた。しかし、息子さんは二十六歳のいまも司法試験に合格されていません。自分にはとても父親は超えられないと打ちひしがれ、ああいう形で苦しみから逃れようとしたんじゃありませんかね」

「等は、息子は、敗北者だ。しかし、わたしの子供なんだよ。見捨てるわけにはいかんじゃないか」

「それはそうです。先生、さきほどの件、お願いできますね？」

「わかった。ちゃんと揺さぶりをかけるよ」

「それから、大阪の産廃業者のほうもお願いしたいな。後の通信会社と健康食品会社は、こちらで集金しますので」

「きみは強引な男だね。しかし、断るわけにはいかないな。持ってきたデータを見せてもらおうか」

「はい」

会話が中断した。

最上はそっとテラスから庭に降り、林の中に戻った。足許の小石を二つ拾い上げ、テラスとガラス戸に投げつける。

予想通り、ガラス戸が開けられた。テラスに降りたのは富永だった。

最上は動かなかった。

「先生、ちょっと様子を見てきます」

サンダルを突っかけた富永がテラスの短い階段を下り、庭に降り立った。腰を屈《かが》め、暗がりを透かして見ている。

最上は、わざと咳《せき》をした。誘いだった。

「誰なんだ、そこにいるのは！」

富永が大声で誰何《すいか》する。

最上は少しずつ退《さ》がりはじめた。案《あん》の定《じょう》、富永が林に向かって駆けてくる。最上はヒメシャラの巨木の陰に身を潜《ひそ》め、息を詰めた。

富永が林の中に入ってきた。隙《すき》だらけだった。

最上は逆拳《ぎゃくけん》で富永の顎を突き上げた。

富永がよろけ、ニセアカシアの樹幹《じゅかん》に背をぶつけた。そのまま尻から落ち、横に転がった。

最上は走り寄って、富永の喉笛のあたりを蹴りつけた。富永が凄まじい声をあげた。

「あんたが口髭を生やしてる男に命じて、小室大輔と石坂敬明を始末させたんだなっ」

最上は言いながら、インテリやくざの懐を探った。丸腰だった。

富永は苦しそうに唸るだけで、質問に答えようとしない。

「小室に何を知られたんだっ。おおよその見当はついてるが、あんたから直《じか》に聞きたいんだよ。言え！」

「き、きさま、おれを誰だと思ってやがるんだっ」

「もう少し気の利いた凄み方をしろ。あんたはインテリやくざなんだろうが！」

最上は言いざま富永の顔面をキックした。

次の瞬間、めりっという音が響いた。富永が激しくむせながら、折れた前歯を吐き出した。一本ではない。三本だった。

あたりに血の臭いが漂いはじめた。

「立て！」

最上は富永の腰を蹴った。

富永がのろのろと立ち上がる。最上は、すぐに富永の利き腕を捩《ね》じ上げた。富永が痛みを訴えた。

「弁護士先生にも訊きたいことがある。杉尾のログハウスに戻ろうじゃないか」

「き、きさま、東京から尾《つ》けてきたのか？」

「そういうことだ。さ、歩け！」

最上は促《うなが》した。富永が渋々、歩きはじめる。

ログハウスのテラスの前に達したとき、急にすべての電灯が消された。杉尾がブレーカーを落としたのだろう。

「あんたは弾除《たまよ》けだ」

最上は富永を楯《たて》にしながら、テラスに上がった。居間のガラス戸に近づいたとき、背後で足音がした。

最上は振り返った。

テラスの下で、杉尾がアーチェリーを構えている。照準《サイト》付きだった。すでに矢は番《つが》えられている。かなり長い。二十八インチの矢だろうか。

弓弦《ゆみづる》は太かった。杉尾は腰に矢筒を下げていた。五、六本の矢が入っている。

「富永君から離れろ！」

杉尾が鋭く怒鳴った。

この距離で狙われたら、放たれた矢は体を突き抜けるのではないか。侮《あなど》れない。最上は気を引き締めた。チャンスがあったら、体を反転させて富永と杉尾を向かい合わせにする気でいた。

「先生、この男は東京地検刑事部の最上です」

富永が言った。

「きみの身辺を嗅ぎ回ってたという男だな？」

「そうです。先生、最上の心臓を背中から射抜《いぬ》いてください。こいつを生かしておくと、後々、まずいことになりますんで」

「最上君、わたしは高校生のときからアーチェリーに親しんできたんだよ。この距離なら、きみを一矢《いっし》で射止められるだろう。しかし、それじゃ、面白みがない、矢は六本あるんだ。三、四本は、わざと急所を外してやろう」

杉尾が言うなり、一《いち》の矢を放ってきた。

空気が裂け、鋭い音が尾を曳《ひ》いた。最上は富永の腕を捩り上げたまま、体の向きを変えようとした。

だが、富永の体は岩のように重かった。両足を踏んばっているせいだ。矢は最上の右肩を掠《かす》め、横に組まれた丸太に突き刺さった。

二の矢が番《つが》えられ、弦《つる》が引き絞られた。

「いまのは、ただの威嚇《いかく》だよ。しかし、二の矢は的《まと》を狙うからね」

杉尾が言った。

最上は富永に足払いを掛け、力まかせに体を反転させた。その瞬間、左の腿に二の矢が突き刺さった。最上は呻いて、片膝をついた。

富永が怒号を放ちながら、横蹴りを浴びせてきた。最上はテラスに倒れた。

杉尾が三の矢を装塡《そうてん》しながら、テラスに駆け上がってきた。

「先生、こいつの心臓に矢をぶち込んでください」

「わたしの別荘内で事件を起こすのは、何かとまずいな。近くの他人のセカンドハウスで始末しよう。富永君、検事を摑み起こしてくれないか」

「はい」

富永が最上の片腕を取る。

最上は乱暴に摑み起こされた。矢を引き抜こうとすると、杉尾が制止した。

「そのまま、そのまま！　矢を引き抜くと、出血量が多くなって、きみは歩けなくなってしまう。それじゃ、困るんだよ」

「くそったれども！」

最上は喚《わめ》いた。

杉尾が真後ろに回り、最上の肩を押した。最上はテラスから庭に降りた。すぐに富永が近づいてきて、最上の襟首を摑んだ。

「いちばん端の山荘まで歩いてもらおうか」

杉尾が言った。

最上は命令に従った。三人は黙々と歩いた。

二百メートルほど進むと、アルペンロッジ風の山荘があった。人のいる気配はしない。

富永が庭石を剝《は》がして、山荘の台所のガラス戸を壊した。最上は、そこから建物の中に押し込まれた。富永がライターの炎を頼りに電気のブレーカーを探し当てた。電灯が次々に点けられた。

最上は階下の中央にある大広間《サロン》に連れ込まれた。三十畳ほどのスペースだった。

「いいことを思いついたよ」

杉尾が大きな石油ストーブを見ながら、富永に言った。富永が残忍そうな笑みを浮かべ、最上に命じた。

「おい、床に腹這いになれ！」

「このままでも心臓は狙えるだろうが」

「言われた通りにしやがれ」

「わかったよ」

最上は床に俯《うつぶ》せになった。

富永がいったん大広間を出て、じきに戻ってきた。電気の延長コードを二本、手にしている。

「こっちの両手足を縛る気だなっ」

「まあな」

富永が冷ややかに笑い、屈み込んだ。杉尾は三の矢を最上のこめかみに向けている。

一メートルも離れていなかった。反撃できそうもない。

「両手を頭の上で組みな」

富永が命令する。

最上は言われた通りにした。富永は最上の自由を奪うと、大型石油ストーブに歩み寄った。

給油キャップを外し、両腕で石油ストーブを抱え上げた。

「この山荘ごと、おれを灰にする気なのか⁉」

最上は慄然《りつぜん》とした。

富永が歪《ゆが》んだ笑みを浮かべながら、最上の周りに灯油を撒《ま》きはじめた。かなりの量だった。

タンクが空になると、富永は石油ストーブを無造作に投げ捨てた。杉尾と富永は相前後して、煙草をくわえた。

二人は油溜《あぶらだ》まりから少し離れ、ほぼ同時に火の点いた煙草を床に落とした。着火音が重なり、炎が床板を舐《な》めはじめた。

火の勢いが強まると、杉尾たち二人は走って逃げ去った。

炎は次第に最上の体に近づいてくる。このままでは焼け死んでしまう。

最上は全身に力を漲《みなぎ》らせた。しかし、縛《いまし》めは少しも緩《ゆる》まない。

こうなったら、仕方がない。最上は反動をつけて、横に転がった。左腿に突き刺さったままのアーチェリーの矢が折れ曲がり、激痛が走った。最上は奥歯を噛みしめて、さらに転がった。

赤みを帯びた橙色《だいだいいろ》の炎が全身に襲いかかってくる。

猛烈に熱い。皮膚がちりちりと焦《こ》げた。だが、なんとか火の海から逃れることができた。

最上は懸命に転がりつづけた。ドアの近くまで転がったとき、両手首の電気コードがわずかに緩んだ。

最上は歯を使って、結び目をほどいた。

両手が利くようになった。手早く足首の電気コードを外し、すっくと立ち上がる。

大広間には、ほぼ火が回っていた。見回してみたが、消火器は見当たらない。

最上はアーチェリーの矢を引き抜いて、山荘の外に脱出した。

傷口から鮮血があふれ、チノクロスパンツを濡らしはじめた。最上は左脚を引きずりながら、杉尾の別荘に引き返した。

ログハウスの窓は暗かった。富永のベンツも消えていた。

最上は夜空をふり仰いだ。徒労感に苛《さいな》まれた。

3

客は疎《まば》らだった。

新橋駅の近くにある居酒屋である。煤《すす》けた小さな店だった。

最上は、中ほどのテーブル席でビールを飲んでいた。まだ五時を回ったばかりだった。

伊豆長岡で焼き殺されそうになったのは、さきおとといだ。左腿の傷口は、ほとんど塞《ふさ》がっていた。しかし、脚を動かすたびに筋肉が引き攣《つ》れる。完治するまで、もう少し日数がかかりそうだ。

最上はきのうの正午過ぎ、赤坂の『東洋セントラル・トレーディング』の様子をうかがいに出かけた。

富永は二人の用心棒に終始、身辺をガードさせていた。その二人は、歌舞伎町のホテルの部屋に押し入ってきた男たちだった。稲森会の構成員だろう。

最上は張り込みを諦《あきら》め、虎ノ門の杉尾法律事務所に回ってみた。

人権派弁護士も警備会社のガードマンたちを雇っていた。鎌倉《かまくら》にある自宅にもガードマンたちが張りついていた。

富永や杉尾をどうやって押さえるか。

最上は思考を巡らせながら、肉じゃがに箸をつけた。そのとき、猫背の中年男が店に入ってきた。私立探偵の泊だ。最上は片手を掲げた。

泊はむくれた顔で最上の前に腰かけ、焼酎《しょうちゅう》のお湯割りとおでんを注文した。

「電話で頼んだ件、調べてくれたかな」

「調べましたよ、一応ね」

「それじゃ、さっそく報告してもらおうか」

「杉尾弁護士の息子の等は、覚醒剤中毒で遠縁の者が経営してる病院に入院中です。病院は名古屋市の郊外にあります」

「薬物に溺《おぼ》れてたんだな？」

「ええ、そうです。等は、稲森会小岩井《こいわい》組から覚醒剤《シャブ》を買ってたんですよ。小岩井組の組長は、かつて富永の舎弟だった男です」

「なるほどな。そういうことで、富永は杉尾に接近したわけか」

「杉尾弁護士は富永に何をやらされてるんです？」

「そいつは教えられないいな」

最上は首を横に振った。泊が苦々しげな表情になった。

焼酎のお湯割りとおでんが泊の前に置かれた。店主の妻らしき四十年配の女性は、ひどく無愛想だった。泊が割箸《わりばし》でグラスの中の梅干しを突き崩し、焼酎のお湯割りを啜った。

「杉尾の女性関係は？」

「東都テレビの人気アナウンサーの久我香織《くがかおり》と二年前から愛人関係にありますね」

「そういえば、そのころ、杉尾は東都テレビのワイドショー番組にレギュラー出演してたな」

「そうですね。で、杉尾は久我香織といい仲になったんでしょう」

「久我香織の自宅は？」

「麻布《あざぶ》です。『鳥居坂《とりいざか》グランデ』の八〇一号室です。杉尾は週に一、二度、人気アナウンサーの部屋に泊まってるようですね」

「人権派の高潔な弁護士も、ただの男だったわけだ」

「杉尾は容姿がいいから、女たちがほっとかないんでしょう。三十一、二歳の久我香織だって女盛りだからね」

「そうだな。杉尾の実家の老舗旅館の経営状況はどうだった？」

「よくないですね。稲森会系の金融機関から六千数百万円を借りて、利払いも滞《とどこお》らせてる状態なんですよ」

「それじゃ、杉尾は富永に取り込まれるはずだ。で、弁護士先生の交友関係も洗ってくれたかな？」

最上は問いかけた。

「法曹界の連中のほかには、野党の国会議員や労働団体の幹部たちと親しくつき合っていますね。ただ、ひとりだけ意外な人物と接触してました」

「意外な人物って？」

「民自党の木崎航平《きざきこうへい》ですよ」

泊がそう答え、竹輪《ちくわ》を頬張った。

六十九歳の木崎はベテランの国会議員で何年も前から次期総裁と目されながらも、なかなか首相の座に就けない。最近は木崎派の弱体化に頭を悩ませているようだ。

最上にとって、木崎は因縁のある人物だった。彼は木崎絡みの汚職事件の捜査で勇み足をして、本部事件係から外されてしまったのだ。

「杉尾は半年以上も前から毎月二度も木崎と一緒にゴルフをやっています。人権派の弁護士先生は宗旨《しゅうし》変えをして、政界に打って出る気なんですかね？」

「考えられないことじゃないな。杉尾なら地名度が高いから、参院選でも知事選でも確実に当選するだろう。木崎は自分の派閥に杉尾を取り込む気なのかもしれない」

「杉尾は反権力を売り物にしてきた男です。民自党公認なんてことになったら、裏切られたという気持ちになる有権者は多いんじゃないですかね」

「がっかりする連中はいるだろうな。しかし、杉尾なら、大量の浮動票を獲得できるだろう」

「そうかなあ。有権者は、そう甘くないと思いますがね」

「それはともかく、木崎と杉尾に何か共通項は？」

「大学は別ですけど、二人は神奈川の名門高校の同窓生でした。高校の同窓会か何かで、かなり前から面識があったのかもしれませんよ」

「そいつは考えられるな」

「わたしが調べたのは以上です。検事さん、もう勘弁してくださいよ。こんなふうに只働きばかりさせられてたら、顎が干上《ひあ》がっちゃいます」

泊がぼやいた。

「あんたに少し小遣いを稼がせてやるか。博愛会総合病院の手塚院長んとこに行って、神宮さんの遺族との示談はうまくいってるかって訊いてみな」

「院長は、川手ドクターが人体実験をやったことを認めたんですか？」

「まあね。おそらく院長は、黙って車代を包む気になるだろう。ついでに川手と事務長の福田も揺さぶってみるんだな。併《あわ》せて五、六百万は稼げるだろう」

「悪い検事さんだな。でも、いい情報をいただきました」

「急に、にこやかな顔になったな」

「えへへ。検事さん、もっとビールどうですか？　ここは、わたしが奢《おご》りますよ」

「のんびりしてられないんだ。ひとりで飲《や》ってくれ」

最上は腰を上げ、先に居酒屋を出た。

きのう張り込み用に借りたレンタカーは、裏通りに駐《と》めてある。車種は黒いクラウンだった。七、八十メートル歩くと、懐でスマートフォンが鳴った。最上は舗道の端にたたずみ、スマートフォンを耳に当てた。

「わたしよ」

発信者は玲奈だった。

「よう！」

「いま、赤坂五丁目にいるの。『東洋セントラル・トレーディング』から出てきたとこよ」

「富永の事務所に税務調査を装って潜《もぐ》り込んだのか!?」

「そうなのよ。余計なお節介かなとも思ったんだけど、わたし、何か手伝いたかったの」

「それで、何か摑めたのかな？」

「ええ。きのう、商工ローン会社の『全栄』と『東日本商工ファンド』から二十億円ずつ『東洋セントラル・トレーディング』の銀行口座に振り込まれてたわ。それから、きょうの日付で大阪の『関西リサイクル・プラント』という会社から十億円入金があったの。社名から察すると、産廃業者みたいね」

「ああ、その通りだよ。それ以前に不審な入金は？」

「一昨日、大手通信会社と健康食品会社から、五億円ずつ振り込まれてたわ」

「そうか。富永たちが脅し取った金は総額で六十億円か。いや、博愛会総合病院からも一億五千万円せしめてるから、正確には六十一億五千万円だな。今後も、奴らは企業恐喝を働きつづけるつもりだろう」

「市民運動家の赤座が揺さぶりをかけたのね？」

「最初はね。しかし、赤座の脅しが利かなかったんで、富永は人権派弁護士の杉尾信行を担《かつ》ぎ出したんだよ」

「あの杉尾弁護士が、なぜ悪事の片棒を担がされることになったわけ?」

「それはね」

最上はそう前置きして、これまでの経過をつぶさに語った。

「伊豆でそんなひどい目に遭《あ》ったのに、どうして話してくれなかったの? 水臭いわね。なんか悲しくなっちゃうわ」

「玲奈に心配かけたくなかったんだ」

「それにしても、ちょっとね。それで、怪我のほうはどうなの?」

「もう大丈夫だよ」

「僚さん、闘う敵がでかすぎるんじゃない?」

「確かに手強い敵だ」

「杉尾や富永のバックが木崎航平だとしたら、とても個人では太刀打ちできないんじゃないかしら?」

「おれは奴らの急所を押さえてる。連中だって、下手なことはできないだろう」

「でも、木崎は大物なのよ。元副総理で、大臣経験も豊富だわ。その気になれば、法務大臣を動かすこともできると思うの。僚さんを国会の検察官適格審査会にかけて罷免《ひめん》に追い込む

した」

「ほんとなのか⁉」

「もちろんです。わたしのスクープ写真が近々、『マンデー』に掲載されたら、あなたと久我香織の不倫の事実は隠しようがなくなるな」

「画像データを買い取れというんだなっ」

「ま、そういうことになりますかね」

「いくら欲しいんだ？」

「一本でどうです？」

「つまり、一千万円か。高いな。いくらなんでも高すぎるよ」

「たったの一千万円で、あなたと久我香織は破滅を避けられるんです。そう考えれば、安すぎるぐらいでしょ？　それに、わたしはもう一つ、弱みを押さえてる」

最上は言った。

「何なんだね、それは？」

「ひとり息子の等さんのことです」

「倅の何を握ったというんだっ」

「等さんは稲森会小岩井組から覚醒剤を手に入れ、中毒者になってしまった。いまは名古屋市郊外の病院に入院中ですね？」

「そ、そんなことまで……」

「息子さんのことを含めて一千万円で手を打ちましょう」

「わかった。金は払ってやろう。しかし、事務所の金庫には三百万ほどしか現金が入ってないんだ。残りは小切手でいいだろう？」

「結構です。すぐに事務所を出られますか？」

「いや、八時半以降じゃなければ、ちょっと無理だな。これから依頼人が二組訪ねてくることになってるんだ」

「そういうことなら、仕方がないな。それじゃ、午後九時に日比谷《ひびや》公園の野外音楽堂の前で落ち合いましょう」

「あんたの特徴を教えてくれないか」

「こちらから声をかけますよ。画像データは一千万円と引き換えに渡しましょう」

「約束は守れよ」

杉尾が言って、乱暴に電話を切った。

最上はスマートフォンとボイス・チェンジャーをレザージャケットのポケットに入れ、煙草をくわえた。

杉尾は、おそらく指定した場所に単身では現われないだろう。富永に泣きついて、荒っぽい男たちに自分の護衛をさせるにちがいない。先手を打つことにした。

最上はセブンスターを喫い終えると、ふたたびスマートフォンを手に取った。

電話をかけた先は根津の深見組の事務所だった。部屋住み組員の健が受話器を取った。

最上は、代貸の亀岡を電話口まで呼んでもらった。

「何かあったんですかい？」

「ちょっと亀さんと舎弟頭の手を借りたいんだ。橋爪さんはいます？」

「へえ、おりますが……」

「二人で日比谷公園に八時半ごろまでに来てほしいんだ。野外音楽堂のあたりで張り込んでたら、そのうち組員っぽい男たちが何人か現われると思います。二人で、そいつらを取り押さえてくれませんか」

「その連中は富永の息のかかった奴らなんですね？」

「亀さん、察しがいいな。富永とつるんでる悪徳弁護士にちょっとした罠を仕掛けたんですよ。おれは、その男を確保したいんです」

「悪徳弁護士って、誰のことなんです？」

亀岡が訊いた。

最上は杉尾信行のことを手短に話した。伊豆での出来事は意図的に喋らなかった。亀岡に余計な心配をかけたくなかったし、悪人どもを強請《ゆす》る気でいることも覚《さと》られたくなかったからだ。

「杉尾って弁護士のことは、わたしも知ってます。弱者の味方だと思ってやしたが、富永なんかとつるんでやがったんですか。とんでもない偽善者だな」

「そうだね。そんなわけだから、ひとつ協力してほしいんですよ」

「わかりました。使う気はありませんが、一応こっちは段平《だんびら》を用意していきまさあ」

「敵の男たちは飛び道具を懐に呑《の》んでるだろうから、油断しないでほしいんだ」

最上はそう言って、通話を切り上げた。彼自身は杉尾が事務所から出てくるのを待って、後を尾けるつもりでいる。

しばらく待たされそうだ。

最上はカーラジオの電源を入れ、幾度か選局ボタンを押した。すると、ニュースを流している局があった。

最上は耳を傾けた。小室や石坂の事件は、めったに続報が伝えられなくなっていた。それでも職業柄、事件報道は気になった。

男性アナウンサーは著名な彫刻家の死を伝えると、いったん言葉を切った。

「次のニュースです。長年にわたって市民運動に情熱を傾けてきた『民の声』の代表世話人赤座聡さん、七十七歳がきょうの夕方、講演先の東京・国立《くにたち》市で亡くなりました。警察の調べによると、赤座さんは市民ホールの階段から転げ落ちて、首の骨を折った模様です。事故と思われますが、あいにく目撃者はいませんでした。何者かに突き落とされた可能性もあることから、警察は事故と事件の両面で捜査をすることになりました」

アナウンサーが少し間《ま》を取り、赤座の経歴を詳しく語りはじめた。

おそらく赤座は消されたのだろう。これで、三人も口を封じられたことになる。

最上は固めた拳《こぶし》でステアリングを打ち据えた。

4

杉尾が姿を見せた。

午後八時四十分ごろだった。ひとりだ。

最上は借りたレンタカーの中から、杉尾の動きを目で追った。

杉尾は雑居ビルから数十メートル離れた月極《つきぎめ》駐車場に急ぎ、慌《あわ》ただしく黒いポルシェに乗り込んだ。

最上は借りたクラウンのヘッドライトを点けた。

待つほどもなく杉尾の車が月極駐車場から走り出てきた。最上は尾行を開始した。ポルシェは日比谷方面に向かった。最上は慎重に追った。

やがて、ポルシェは日比谷の地下駐車場に潜《もぐ》り込んだ。

最上は少し間を置いてから、地下駐車場のスロープを下った。ポルシェは奥のほうにパークしかけていた。

最上は、中ほどにレンタカーを駐《と》めた。しかし、そのまま車から出なかった。

杉尾がポルシェから離れ、地上に通じる階段に足を向けた。

書類袋を持っている。中身は現金三百万円と額面七百万円の小切手だろうか。あるいは、札束に見せかけた書籍が入っているのか。

最上はレンタカーを降り、杉尾を追尾しはじめた。

地上に出た杉尾は、すぐに日比谷公園に足を踏み入れた。まっすぐ野外音楽堂のある方向に進んだ。

さすがに、若いカップルたちも見当たらない。寒風が吹きすさび、樹木の梢《こずえ》や枝が揺れている。最上は爪先《つまさき》に重心をかけながら、杉尾の後を追った。

ほどなく野外音楽堂に達した。

杉尾はステージの真ん前に立ち、しきりに左右を見回しはじめた。助っ人のいる位置を目で確かめているのだろう。

最上は暗がりにたたずんだ。

じきに九時になった。だが、最上は動かなかった。杉尾が、そわそわしはじめた。

最上は十五分ほど経ってから、ゆっくりと杉尾に近づいた。

「やっぱり、きさまだったか」

「伊豆の別荘では温かなもてなしをしてくれたよな。礼を言おう」

「運の強い奴だ。しかし、きさまも今夜こそ終わりだな」

杉尾が言って、指笛を鳴らした。だが、誰も現われない。

「あんたの助っ人は、いまごろ地べたに這いつくばらされてるだろう」

「えっ」

「稲森会のチンピラどもに邪魔されたくなかったんだよ。だから、先制攻撃したわけだ」

「警察を呼んだのか!?」

「そいつは、あんたの想像に任せよう」

最上は言うなり、足を飛ばした。前蹴りは杉尾の睾丸《こうがん》を直撃した。

杉尾が股間《こかん》を押さえながら、膝から崩れた。

弾みで、手から書類袋が落ちた。零《こぼ》れたのは、数冊の文庫本だった。

「人権派弁護士も堕ちたもんだ。富永みたいなクズと組んで、商工ローン大手二社、産廃業者、通信会社、健康食品会社から総額で六十億円以上の巨額を脅し取ったんだからな。『東洋セントラル・トレーディング』の銀行口座をチェックしたんだよ」

「…………」

「富永は、その前にフリージャーナリストの石坂や市民運動家の赤座と共謀して、博愛会総合病院の手塚院長から一億五千万円の口止め料をせしめてる。説明するまでもないだろうが、強請《ゆすり》の材料は内科医の川手が神宮というタクシードライバーに不必要な不正治験をして死なせたことだ」

「富永君が何をしたのか、わたしは知らんよ」

杉尾が言いながら、起き上がろうとした。

すかさず最上は右脚を高く跳《は》ね上げた。垂直に下ろした靴の踵《かかと》は、もろに杉尾の頭頂部に当たった。悪徳弁護士は地にめり込むような感じで体を縮め、そのまま横に転がった。

最上は踏み込んで、杉尾のこめかみを蹴った。杉尾が怯《おび》えたアルマジロのように、さらに四肢《しし》を縮める。

「小室大輔は人体実験めいた不正治験のことを内部告発したくて、フリージャーナリストの石坂に協力を求めた。しかし、石坂はとんでもない奴だった。経済やくざの富永の手先として暗躍してたんだからな。『民の声』の代表世話人の赤座は弱みを握られて、渋々、富永に協力してた節がある。しかし、石坂は積極的に富永に協力してた。小室は、そのことに気づいた。だから、命を落とすことになった。そうだなっ」

最上は声を張った。

「わたしは何も知らない。同じことを何度も言わせるな」

「あんた、少し富永を軽く見過ぎてるんじゃないのか。奴は不都合な小室を口髭の殺し屋に始末させ、仲間の石坂まで始末させた。きょう死んだ赤座を殺させたのも、どうせ富永なんだろうが！」

「…………」

「あんたも、いつ寝首を掻《か》かれることになるかもしれないぜ」

「富永など恐れはしないよ。あの男は、ただの……」

「木崎航平の使いっ走りにすぎないって言いたいのか。確かに富永は、ただの木崎の駒《こま》だろう。しかし、企業恐喝の片棒を担がされてるあんただって、富永と同じさ」

「このわたしを筋者なんかと同列に扱うな！　わたしは木崎さんと同じ力を持っているんだぞ」

「あんたと木崎とは裏契約で繋がってるな。首謀者の木崎は富永やあんたに企業恐喝をやらせて、裏金を掻き集めたい。その金をばらまいて、自分の派閥の強化を図る気なんだろう。あんたはあんたで、木崎の力を借りて政界に進出したいと考えてる」

「政治には興味ないよ」

杉尾が言った。しかし、最上は杉尾の狼狽ぶりを見逃さなかった。

「図星だったようだなっ」

「……………」

「肯定の沈黙だな。木崎は、企業からどのくらい口止め料を脅し取る気なんだっ。一千億円ぐらい集めるつもりでいるのか。あんたなら、知ってるはずだ」

「わたしは本当に何も知らん」

杉尾が横を向いた。

そのとき、観客席の向こうから二つの人影が接近してきた。亀岡と橋爪だった。杉尾が身を竦《すく》ませた。

亀岡が近づいてきて、最上に耳打ちした。

「稲森会の二人を押さえました。坊主頭と細身の二人でさあ。若、見覚えは？」

「その二人組なら、知ってます。で、そいつらは？」

「橋爪のワンボックスカーの中に押し込んであります。粘着テープで両手を括《くく》って、口を封じてね。奴らをどうしましょう？」

「根津の組事務所の納戸に閉じ込めといてくれますか」

「わかりました。それじゃ、わたしらは先に……」

「ご苦労さまでした」

最上は亀岡と橋爪を等分に見ながら、労を犒《ねぎら》った。

亀岡たちが立ち去った。最上は、また杉尾を蹴りはじめた。場所は選ばなかった。杉尾の全身にキックを見舞う。

杉尾は丸太のように転げ回り、ぐったりと動かなくなった。これ以上痛めつけたら、死んでしまうかもしれない。

最上はセブンスターをくわえた。火を点けたとき、闇の奥で女の悲鳴がした。玲奈の声だった。最上は煙草を投げ捨て、目を凝らした。

玲奈の片腕を捩《ね》じ上げているのは、例の口髭をたくわえた男だった。男は、玲奈の項《うなじ》に刃物を押し当てている。

二人の後ろには富永の姿が見えた。

最上は杉尾を摑み起こし、すぐ利き腕を捻《ひね》り上げた。そのまま杉尾を歩かせ、口髭の男に接近していく。

「この女の頸動脈を掻っ切ってもいいのかっ」

口髭の男が高く言った。

最上は、杉尾の右腕をぎりぎりまで捩じ上げた。杉尾が体を傾け、痛みを訴えた。

「おい、杉尾さんから離れろ！」

富永が命令口調で言い、前に進み出た。

その右手には、消音器を嚙ませた自動拳銃が握られていた。型《タイプ》はベレッタM84のようだった。すでにスライドは引かれている。

「くそったれ！」

最上は杉尾を突き倒した。杉尾は起き上がると、富永の後ろに隠れた。

「僚さん、ごめんね。わたし、まさか赤坂から尾けられてるとは思わなかったのよ」

玲奈の語尾に、富永の言葉が被さった。

「東京国税局の美人マルサも迂闊《うかつ》だったね。どんな税務調査でも、国税局の人間が単独で訪ねてくることは稀《まれ》だからな」

「それで、正規の調査じゃないと見破ったわけか」

最上は言った。

「そうだ。で、おれは若い者に露木玲奈を尾《つ》けさせたのさ。玲奈を囮《おとり》にして、あんたをどこかに誘《おび》き出すつもりだったんだが、てめえが先に杉尾さんに罠を仕掛けた。そんなことで、ここで対面することになったわけだ」

「おれは逃げも隠れもしない。だから、彼女は解放してやってくれ」

「そうはいかない」

「彼女もおれと一緒に始末する気なのかっ」

「ま、そういうことになるな。しかし、おれは自分の手を直《じか》に汚す気はない」

富永がそう言って、口髭の男にサイレンサー付きのベレッタM84を渡した。男はフォールディング・ナイフを折り畳み、玲奈の後頭部に消音器の先端を押し当てた。

玲奈が全身を震わせはじめた。

「後の始末を頼む。そのまま女を撃《ハジ》くのは、もったいないよな。おまえの好きにしてもいいぞ」

富永が口髭の男に言って、目で杉尾を促した。二人は駆け足で走り去った。

「殺し屋の旦那、取引をしないか」

最上は言いながら、二歩前に出た。

「そこから動くんじゃねえ」

「そっちは、小室大輔の殺しを二千万円で引き受けたよな。石坂と赤座を葬った成功報酬は、まだ貰ってないんじゃないのか？」

「うるせえ！　てめえにゃ関係ねえ話だろうが」

「ま、聞けって。富永と杉尾は石坂や赤座を利用して、複数の企業から六十億円以上の銭を脅し取った。その半分は首謀者の大物政治家に流れるとしても、かなりおいしい思いをしてるはずだ」

「だから、なんだってんだっ」

「そっちは小室、石坂、赤座、それから石坂の身代わりのホームレスの男の計四人を始末したが、成功報酬は一億円にも満たないんだろう。割が合わないと思わないか？　おれがあんただったら、冗談じゃないと腹を立てるね」

「おれは富永さんに世話になってんだ。あの人に文句は言えねえ」

「世話になった？」

「おれは一年半前まで横浜《ハマ》の銀竜会《ぎんりゆうかい》の若頭補佐をやってたんだよ。けど、会長の愛人《レコ》とデキた上に、下部組織の上納金をネコババした。おれは全国に絶縁状を回されて、命《タマ》を奪《と》られそうになった。富永さんは、そんなおれを救ってくれたんだ。銀竜会の会長と話《ナシ》つけてくれて、おれに仕事を回してくれた」

「そんな恩人は裏切れないってわけか」

「そういうこった」

口髭の男が言って、玲奈の黒いウールコートを脱がせた。

「少しばかり寒いだろうが、素っ裸になってもらうぜ。あんたを彼氏の前で四つん這いにさせて……」

「脱げばいいんでしょ、脱げば。服を脱ぐから、ピストルを離してちょうだいっ」

玲奈が口髭の男に言い、最上に目顔でサインを送ってきた。反撃のチャンスを作るという合図だろう。

最上は短くうなずいた。

口髭の男が銃口を下げ、玲奈から少し離れた。

玲奈が上着のボタンを外すと、いきなりロングブーツの先で男の急所を蹴り上げた。的《まと》は外さなかった。

最上は助走をつけ、口髭の男に躍《おど》りかかった。押し倒し、相手の武器を奪い取る。すぐに馬乗りになって、消音器の先を男の眉間《みけん》に押し当てた。

口髭の男が絶望的な吐息を洩らした。

「地下駐車場で待っててくれ」

最上は玲奈に言った。

「わたし、僚さんのことが心配だわ」

「おれは大丈夫だよ。早く行ってくれ。おれは死んだりしない」

「わかったわ」

玲奈はためらいながら、ゆっくりと遠ざかっていった。

最上はそれを見届け、上着のポケットに手を突っ込んだ。そこには、ICレコーダーが入っていた。録音スイッチを押してから、最上は口髭の男に問いかけた。

「名前を言え！」

「郷間《ごうま》ってんだ」

「おまえは富永に頼まれて、小室、石坂、ホームレスの男、赤座の四人を殺《や》ったんだなっ」

「そうだよ」

「富永は石坂や赤座から恐喝材料を手に入れ、弁護士の杉尾信行と共謀して、複数の企業から巨額を脅し取ってた。その総額は六十億円以上になる。その通りだな？」

「………」

郷間と名乗った男は、口を引き結んだままだった。

最上は郷間の右肩に銃弾を浴びせた。発射音は、きわめて小さかった。

「さっきの質問に答えてもらおうか」

「そ、そうだよ。あんたの言った通りだ。けど、富永さんがボスじゃねえ。あの人は、木崎航平の下働きをしただけなんだ」

「下働き？」

「ああ。木崎航平は派閥強化の資金を富永さんに都合させたんだよ」

「なぜ富永は、そんな汚れ役を引き受けたんだ？」

「富永さんは若いころ、木崎健太郎《けんたろう》の秘書をしてたらしいんだ。航平は、健太郎の息子なんだよ。木崎健太郎のことは知ってるよな？」

「もちろんだ。アクの強い政治家だったが、ついに総理大臣にはなれなかった」

「富永さんは、二代目政治家の木崎航平をなんとか首相にしてあげたいと考えてるんだと思うよ」

「だろうな。木崎航平と杉尾信行の間には、何か密約があるんだろ？」

「密約があったのかどうか知らねえけど、杉尾さんは次期の神奈川県知事選に出馬するらしいよ、無所属でな。そのとき、木崎航平が陰で応援することになってるみてえだぜ」

「で、杉尾は裏金集めに協力してるわけか」

「そうなんだろうな」

「参考になったよ、あんたの話」

「おれは富永さんを裏切っちまった……」

郷間が自分を責めるように呟いた。

最上はＩＣレコーダーの停止ボタンを押し、立ち上がった。

「もう撃《ハジ》かねえでくれーっ」

「殺し屋が泣き言か。みっともないぞ」

「まだ死にたくねえんだ」

郷間が命乞いした。

「殺しゃしない。殺すだけの値打ちもないからな」

「それじゃ、どうする気なんだ？」

「しばらく寝そべって、星でも眺めてろ」

最上は郷間の足許に回り、両方の太腿に一発ずつ九ミリ弾を見舞った。

郷間がのたうち回りはじめたとき、暗がりの向こうから駆けてくる人影が見えた。富永が舞い戻ってきたのか。

最上は野外音楽堂の陰に走り入った。走ってくる男は、なんと綿引刑事だった。

郷間が自分のことを綿引に喋るかもしれない。郷間を殺しておくべきだった。それにしても、なぜ綿引がここに……。

最上は、ひとまず野外音楽堂に背を向けた。

エピローグ

雪原が眩《まばゆ》い。

乗鞍《のりくら》高原だ。標高約三千二十六メートルの乗鞍岳の東側に広がる高原である。このあたりは標高千五百メートルほどだ。

最上は乗鞍スカイラインの夜泣峠《よなきとうげ》の近くの斜面に発破《はっぱ》を仕掛けはじめた。

日比谷公園で杉尾と富永を取り逃がした夜から五日が過ぎていた。午後二時過ぎだった。

綿引に保護された殺し屋の郷間は中野にある東京警察病院に入院中だが、完全黙秘をしているようだ。その証拠に、捜査の手は伸びてこない。

最上は一昨日の正午過ぎ、千代田区平河《ひらかわ》町にある木崎航平事務所に電話をかけ、大物政治家に郷間の録音音声を聴かせた。

しかし、木崎は少しも動じなかった。それどころか、タイ人の刺客を差し向けてきた。

襲われたのは引き揚げるときだった。スカイラインに乗ろうとしたら、暗がりに潜んでいたタイ人の殺し屋が牛刀に似た刃物で斬りかかってきたのだ。

最上は辛《かろ》うじて凶刃を躱《かわ》すことができた。刃物を叩き落とすと、殺し屋は逃げ去った。

飯田橋の自宅マンションのドア・ノブには、ブービートラップが仕掛けられていた。うっかりノブを回していたら、四一〇口径の散弾実包《ショット・シェル》を下腹部に浴びていただろう。最上は鍵穴の小さな傷に気づき、事なきを得た。

目には目を、歯には歯をだ。きのうの夕方、最上は木崎航平の七歳の孫娘を誘拐した。彩《あや》乃《の》という名だった。さすがに気が咎《とが》めたが、仕方がなかった。時には非情にならなければならない。

最上は、ふたたび木崎に電話をかけた。孫娘をさらったことを告げると、傲慢《ごうまん》な木崎は別人のように下手《したて》に出た。それだけでなく、自分が一連の事件の首謀者だったことを素直に認めた。

最上の推測は正しかった。

最初の犠牲者になった内科医の小室大輔はフリージャーナリストの石坂に不審の念を抱き、密《ひそ》かに尾行したらしい。その結果、石坂が富永や赤座と繫がっている事実を摑んだ。

杉尾と木崎は自分たちにも疑惑の目が向けられることを恐れ、富永に小室の抹殺を命じた。富永は自分が実行犯になることを避け、殺し屋の郷間を雇ったわけだ。

木崎は彩乃の身代金として、企業恐喝で得た六十億円以上の金を吐き出すと言った。最上は額面三十億円の小切手を二枚用意しろと命令した。

半分は自分の取り分で、残りの三十億円は小室の遺族と野口芽衣に分け与えるつもりでいる。しかし、腹黒い敵がすんなり巨額の口止め料を吐き出すとは思えない。おそらく何か企《たくら》んでいるのだろう。

木崎、杉尾、富永の三人は、午後三時に来ることになっていた。

人質の彩乃は、根津の深見組事務所の納戸に閉じ込めてある。稲森会の二人の組員も一緒だ。

最上は作業を急いだ。

ダム工事用のダイナマイトを斜面の高い位置に三本セットし、丘の頂《いただき》に起爆装置を設けた。ダイナマイトは、代貸の亀岡が裏社会から入手してくれたものだった。

動き回ったせいか、体が汗ばんでいた。

最上はタオルで汗を拭い、腰の後ろから消音器付きのベレッタM84を引き抜いた。日比谷公園で郷間から奪い取った自動拳銃だ。

マガジンキャッチのリリースボタンを押し、分厚い複列式弾倉《ダブルカラム・マガジン》を銃把《グリップ》から引き抜く。

残弾は六発だった。初弾を薬室《チャンバー》に送り込み、ベレッタM84をベルトの下に差し込んだ。

アメリカ製のマウンテンパーカの裾で外からは見えない。いざとなったら、迷わず銃器を使うつもりだ。

晴天だった。

乗鞍高原スキー場のざわめきが風に乗って伝わってくる。音楽も聴こえた。

最上は丘を大きく迂回《うかい》し、雪原に降りた。

まっすぐ斜面を降りなかったのは、自分の足跡を残さないためだ。斜面に人の足跡があれば、当然、木崎たちは警戒心を強める。

最上は雪原の横にある林の中に分け入った。

林の奥まで歩いてみたが、人影はどこにも見えなかった。紫煙をくゆらせながら、時間を遣《や》り過ごす。

乗鞍スカイラインに銀灰色のロールス・ロイスが停まったのは、三時五分前だった。

まず運転席から富永が降りた。少し遅れて、木崎と杉尾が後部座席から出てきた。下脹《しもぶく》れの木崎の面相は、どことなくブルドッグを連想させる。

三人はひと塊《かたまり》になって、雪原に足を踏み入れた。ひどく歩きにくそうだ。

最上は周《まわ》りを見回した。

動く人影はない。敵は、おとなしく六十億円の小切手を差し出すつもりなのか。

木崎たち三人が雪原の真ん中あたりで立ち止まった。それぞれが最上の姿を探している。最上はベレッタM84の銃把《グリップ》に手を掛けながら、林の中から出た。三人が一斉に敵意に満ちた眼差しを向けてきた。

最上は雪原を横切り、三人と向かい合った。

「彩乃は無事なんだなっ」

木崎が切り口上で言った。

「ああ、元気だよ。大事にお預かりしてる」

「孫娘はどこにいる？」

「そいつは言えない。約束の小切手は持ってきたな？」

「持ってきたことは持ってきた。しかし、額面は五億円になってる」

「話が違うじゃないか。おれは三十億円の小切手を二枚持ってこいと言っただろうが！」

「ちょっと事情があって、まとまった金がどうしても必要だったんだ。残りの五十五億円は彩乃を返してくれたら、必ず払うよ。ここで、誓約書を認《したた》めてもかまわん」

「とりあえず、五億円の小切手を出せ！」

最上は言って、サイレンサー付きのベレッタM84をベルトの下から引き抜いた。三人が顔を引き攣《つ》らせ、相前後して後ずさった。

「残りの分は必ず渡す。だから、短気は起こさないでくれ」

木崎が震える手で懐から小切手を取り出した。

最上は小切手を受け取り、額面を確かめた。五億円の預金小切手だった。振出人は、木崎の個人名義になっていた。

「三人とも雪の上に這え！」

最上は小切手をマウンテンパーカの内ポケットにしまい、大声で命令した。

「きさまは何を考えてるんだ？」

「約束を破ったんで、ちょっとお仕置きをな……」

「残りの金はくれてやると言ったじゃないかっ」

木崎が怒鳴った。

最上は無言で三人の足許に銃弾を一発埋めた。木崎たち三人が慌《あわ》てて腹這いになった。ほぼ横一列だった。

「現職検事がこんなことをしてもいいのかっ」

真ん中にいる木崎が憎々しげに言った。

「いまの言葉をそっくり返そう。ベテランの国会議員が企業恐喝組織の親玉を兼務しててもいいのか！　偉そうな口をきくんじゃない。あんたは二年前には、マンモス企業から巨額の賄賂《わいろ》を受け取ってる。その汚職に絡む殺人事件も発生したのに、司直の手はあんたにまで伸びなかった。勇み足をしてしまったおれは、閑職に追いやられることになった」

「それは自業自得だろうが。わたしを責めるのは筋違いってもんだ」

「ま、いいさ」

最上は薄く笑って、木崎、杉尾、富永の三人の太腿に一発ずつ銃弾を浴びせた。鮮血が白い雪を染めはじめた。

三人が転げ回りはじめたとき、雪原の前に一台の黒いワンボックスカーが急停止した。スライドドアが開き、黒いフェイスマスクを被った男が飛び下りた。

男は消音型の短機関銃《サブマシンガン》を抱えていた。ドイツのヘッケラー＆コッホ社製のＭＰ５ＳＤ３だ。

男が走りながら、掃射しはじめた。九ミリ弾が襲いかかってきた。

最上は撃ち返した。

男が身を伏せる。最上は中腰で雪の積もった斜面を登りはじめた。

すぐに狙い撃ちされた。銃弾の風切り音と衝撃波が不気味だ。

最上はジグザグを切りながら、丘の上まで登り切った。

ベレッタＭ84を腰に戻し、発破の起爆スイッチを押した。重い爆発音が三度轟き、雪の塊が高く噴き上がった。

次の瞬間、雪崩《なだれ》が起こった。斜面の厚い雪が地響きをたてながら、雪原に滑り落ちていった。

最上の視界は白く塗り潰《つぶ》された。

雪煙が拡散《かくさん》すると、平らだった場所には雪の小山が幾つも生まれていた。木崎たち三人とフェイスマスクを被った男は雪の下に埋まっているのだろう。

最上は五分ほど待ってみた。雪の下から這い出してくる者はいなかった。

もう四人とも窒息したのではないか。

最上は尾根《おね》伝いに百メートルほど進み、丘の斜面を下った。深見組の事務所に電話をして、三人の人質を解放するよう亀岡に頼んだ。代貸は何も訊かなかった。

最上はマウンテンパーカに付着した雪を払い落とし、車に乗り込んだ。

その夜のことである。

最上は自宅マンションで、ウイスキーの水割りを傾けていた。

恋人の玲奈は浴室でシャワーを浴びている。最上もグラスを空けたら、浴室に向かう気でいた。

せしめた五億円をどう遣《つか》えばいいのか。また、野口芽衣にどう説明すべきか。

残された問題はあったが、気持ちは晴れやかだった。

水割りを飲み干したとき、部屋のインターフォンが鳴った。最上はソファから立ち上がり、居間の壁に掛かったインターフォンに出た。

「検事殿、夜分に申し訳ありません。綿引です」

「綿引《ワタ》さんが訪ねてくるなんて珍しいな」

「検事殿、郷間という元やくざをご存じでしょうか？」

綿引が問いかけてきた。最上はうろたえそうになったが、ポーカーフェイスを決め込んだ。

「知りません」

「そうですか。郷間という男は、日比谷公園内で検事殿に肩と両脚を撃たれたと言っています。奴が持ってた消音器付きのベレッタM84を奪い取られて、逆に撃たれたんだと……」

「まったく身に覚えのない話だな」

「その件で少し話をうかがえませんかね？」

「申し訳ありませんが、いま取り込んでるんですよ。そう言えば、察してもらえるでしょ？」

「女性と寝室におられたんですね」

「そういうことです。明日、桜田門に出向きますよ」

「検事殿にご足労かけるわけにはいきません。わたし、ドアの前で待たせていただきます。どうぞ存分にお娯《たの》しみになってください」

綿引の声が沈黙した。

ここをどう切り抜けるか。新たな闘いの始まりだ。

最上はインターフォンの通話を切って、玄関ホールに向かった。最悪の場合は、綿引と裏取引することになりそうだ。

最上は気持ちを引き締めた。

二〇〇二年八月　祥伝社文庫刊

光文社文庫

猟《りょう》犬《けん》検《けん》事《じ》

著　者　南《みなみ》　英《ひで》男《お》

2024年3月20日　初版1刷発行

発行者　三宅貴久
印　刷　堀内印刷
製　本　ナショナル製本

発行所　株式会社　光文社
〒112-8011　東京都文京区音羽1-16-6
電話 (03)5395-8147　編集部
8116　書籍販売部
8125　業務部

落丁本・乱丁本は業務部にご連絡くだされば、お取替えいたします。
ISBN978-4-334-10240-1　Printed in Japan

組版　萩原印刷